강점 수업(행복한 진로 찾기)

양옥미

'교육으로 회복과 자립을 돕는 축복의 통로', '꿈과 소망과 비전을 퍼올리는 동기부여가'다. 가르치기 위해 즐겁게 배우면서 평생학습을 실천 중이다. 다음 세대에게 배우는 즐거움을 전수하는 희망지기로 살고자 한다. 그리고 통일 사회에서 통일 교육을 감당하고 싶다.

Email: 21ycec@naver.com
블로그: http://blog.naver.com/21ycec
부크크도메인 주소: http://www.bookk.co.kr/21ycec

강점 수업(행복한 진로 찾기)

발　행 | 2017년 03월 12일
저　자 | 양옥미
펴낸이 | 한건희
펴낸곳 | 주식회사 부크크
출판사등록 | 2014.07.15.(제2014-16호)
주　소 | 경기도 부천시 원미구 춘의동 202 춘의테크노파크2단지 202동 1306호
전　화 | (070) 4085-7599
이메일 | info@bookk.co.kr

ISBN | 979-11-272-1285-8

강점 수업

(행복한 진로 찾기)

양옥미 지음

〈목차〉

프롤로그

지금 행복하게 만드는 강점 수업

우리는 모두 행복하고 싶다. 내가 무엇을 하며 살 것인가?에 대한 고민도 행복하고 싶은 본능에서 시작된다. 꿈을 꾸고 그 꿈을 이루기 위해서 피나는 노력을 하는 이유도 지금보다 조금 더 나은 삶을 살고 싶기 때문이다.

진로 컨설턴트로서 진로의 궁극적인 목적이 행복에 있다는 것을 알게 되었다. 행복한 삶을 위한 진로는 무엇인가에 대한 고민이 많았다. 진로를 코칭하는 전문가로서 "과연 어떤 핵심을 잡고 길잡이를 해줄 수 있을까"는 평생의 과제이기도 하다.

나는 청소년커리어코치로서 학교에서 진로에 관한 강의와 상담을 했다. '청소년 진로교육연구회-비전코디'에 소속되어 학교 현장의 교사들과 함께 진로에 대해 연구하고 실행하면서 고군분투하였다. 이후에 '행복한 동행' 교육 사업을 하면서 진로의 핵심은 '강점 찾기'임을 알게 되었다. 강점을 찾아서 나의 길을 갈 때 바로 지금 행복할 수 있다.

누구나 강점을 알고 싶어 한다. 그런데 나의 강점을 알 수가 없어서 답답하다고 말한다. 우리는 왜 강점 찾기를 잘 못하는 걸까?

한국 문화는 칭찬에 익숙하지 않다. 나와 남이 잘하는 점을 인정해주고 표현하는 것을 잘못한다. 칭찬에 인색하고 비교에 강한 문화 속에서 강점을 찾아주지 않았다. 부모가 칭찬을 받아본 적이 별로 없기 때문에 자녀에게 칭찬을 잘 하지 않는다. 이것은 악순환이다. 시간이 흐른다고 강점이 저절로 찾아지는 것은 아니다.

그래서 행복감을 잘 느끼지 못한다.

한국 교육 또한 강점을 잘 찾아주지 못했다. 잘하고 소질을 보이는 것을 인정해주고 키워주기가 어려운 교육 환경이다. 수능 점수를 조금이라도 올려서 대학에 들어가는 것이 목표이기 때문이다. 전공은 내가 원하는 쪽 보다는 취업이 잘 되는 분야를 부모님이나 주위에서 권한다. 그러다보니 전공이 안 맞거나 경쟁력이 뒤떨어져서 다시 대학을 가는 비율도 꽤 높다. 나의 분야를 찾아 전문성을 키우기 보다는 보여 주기식 스펙을 쌓느라고 청춘을 보낸다.

그런데 가정과 사회가 제대로 키워주지 못한 강점이 필요한 시대가 이미 왔다. 이제는 나의 강점을 찾고 당당히 발휘하면서 살아야하는 바야흐로 인공지능시대이다.

강점 찾기는 내가 좋아하는 일, 내가 잘 하는 일, 나의 재능을 발견하는 것을 포함하는 것이다. 내가 좋아하는 일을 할 때 행복하다. 내가 좋아하는 일은 나의 강점을 살려서 할 수 있는 일이다. 강점을 찾을 수 있는 능력은 나를 알고 이해할 때에 얻을 수 있다. 나의 강점 5가지를 알고 이해할 때 나다움을 회복할 수 있다. 강점으로 다져진 정체감을 회복할 때 남과 비교하는 열등감과 경쟁에서 벗어날 수 있다. 그리고 나의 행복도 찾을 수 있는 것이다.

누구에게나 강점은 있다. 강점은 나의 외부가 아니라 내부에 있다. 너무나 자연스럽게 나의 성격 속에 자리 잡고 살아 있다. 일상에서 자연스럽고 편하게 사용하고 있는 것이다. 누구라도 이 강점을 찾고 살려서 활용할 수 있다. 나의 강점을 통해서 이웃과 사회의 필요를 돕는 일을 할 수 있다. 의미와 행복이 있는 삶을 살 수 있다.

강점에 행복과 성공의 힌트가 있다. 행복과 성공은 주관적인 감정에서 온다. 나 스스로가 만족감과 성취감을 느끼는 것이다. 행복감을 느끼고 성공의 의미를 부여하는 많은 사람들이 강점을 살린 일을 하기 때문이라고 말한다.

성격과 덕목 강점, 흥미, 가치관을 통해 자신의 강점을 발견하고 행복을 찾는 강점 수업 여행을 떠나자. 이 여행을 통해 지금 행복한 이유를 깨닫고 행복을 누려 보자. 강점 수업 여행의 가이드는 다음과 같다.

나는 자신에 대해 얼마나 잘 알고 있는가?

나의 타고난 성격의 강점은 무엇인가?

나는 강점으로 무엇을 하고 싶은가?

나를 대표하는 브랜드는 무엇인가?

1장 강점이 핵심이다

행복은 현재와 관련되어 있다.
목적지에 닿아야 행복해지는 것이 아니라
여행하는 과정에서 행복을 느끼기 때문이다.

-앤드류 매튜스

나는요???

성명:(   ) 날짜:(   )

1. '강점 수업'을 통해 기대하는 것은?

2. 나의 별명과 그 이유는 무엇인가요? (없다면 만들어 보세요.)

3. 나의 꿈은? (없다면 관심 있는 분야를 적어 보세요.)

4. 관심이 있는 직업은 무엇인가요?

5, 내가 알고 있는 나에 동그라미 해 주세요.

  MBTI, 에니어그램, DISC, 흥미, 가치관, 인성 강점

6. 나의 장점은 무엇인가요? (5가지 적어 보세요. 없다면 가지고 싶은 장점 적기)

7. 소속:

8. 메일:

01 강점이 왜 핵심인가

요즘 중학교에서는 자유학기제를 통해 진로 탐색을 하고 있다. 진로 탐색엔 여러 가지 방법이 있다. 그 중 현장체험은 장래에 원하는 직업을 직접 현장에서 체험함으로써 자신의 적성에 맞는지를 판단하는 프로그램이다. 이러한 체험을 통해 자신의 적성을 찾도록 돕는 것이 현장학습이다. 이 현장학습의 목적은 각자의 강점을 찾기이다.

강점은 모든 일 중에서 유독 그 부분에서 뛰어나고 돋보이게 잘해내는 능력이다. 강점은 나의 능력이 모자이크처럼 여러 색으로 구성되어 있다면, 형광색처럼 나와 타인이 보기에 눈에 탁 튀는 색깔이다. 예를 들면, 손재주가 있다는 말을 듣는 사람이 있다. 손으로 목도리, 모자, 옷 등을 뜨개질을 하는데 빠르고 예쁘게 잘 만드는 사람이 있다. 손으로 만드는 데 남보다 더 빨리 하면서, 쉽고도 재미있게 잘하면 이 부분이 강점이다. 강점은 나의 고유한 색깔, 개성, 콘셉트가 들어있는 그릇이라고 할 수 있다.

능력이 일을 감당해낼 수 있는 힘이라면 강점은 자신의 능력 중에서 가장 우수한 점이다. 능력은 어떤 일을 해결하는 힘이라고 한다면 강점은 어떤 일 중에서 타인보다 우세하거나 더 뛰어난 점이다. 강점은 내가 가야 할 방향성을 제시해 준다.

강점은 개성과 다양성에서도 찾을 수 있다. 오리, 원숭이, 개, 고양이는 같은 동물이지만 서로 다르다. 밤나무, 소나무, 아카시아도 서로 다르다. 개와 백조를 비교하는 것과 향나무와 매실나무를 비교하는 것은 의미가 없다. 그 자체로서 나름의 매력이 있고 그것만의 특징이 있다. 백조는 물에서 닭은 땅에서 살게 되어 있다. 백조와 닭을 땅에서 달리기 경주를 시키면 안된다. 강점이 다르기 때문이다.

강점은 어린 시절부터 지금까지 나를 돌아볼 때 내가 흥미를 가지고 잘했던 것에서 찾을 수 있다. 자신이 가장 잘하고 쉽게 하고 재미있게 할 수 있는 것이 강점이 된다. 하기도 힘들고 배우기도 어려운 것은 강점이 아니다. 강점을 살려야 성공할 확률이 높다.

이처럼 강점은 우선 내가 잘하는 일이다. 그런데 강점은 스스로 선택해서 잘하는 것이 아니라 학습의 결과일 가능성이 높다. 따라서 내가 좋아하는 일, 즉 적성과는 다르다. 강점과 적성이 일치한다면 보다 좋을 것이다. 따라서 진로 체험을 통해서는 자신의 적성을 발견해야 한다.

대표 강점은 다음과 같은 특징을 지닌다.
① 자신의 진정한 본연의 모습('이게 바로 나야')이라는 느낌을 준다.
② 그러한 강점을 발휘할 때(특히 처음에 발휘할 때) 유쾌한 흥분감을 느끼게 된다.
③ 그러한 강점과 관련된 일을 배우거나 연습할 때 빠른 학습 속도가 나타난다.
④ 그러한 강점을 발휘할 수 있는 새로운 방법을 지속적으로 찾게 된다.
⑤ 그러한 강점과 일치되는 방향으로 행동하고 싶은 열망을 느낀다.
⑥ 그러한 강점을 사용할 수밖에 없다는 느낌, 즉 그러한 강점의 표현을 멈추거나 억제할 수 없는 듯한 느낌을 느낀다.
⑦ 그러한 강점은 숨겨져 있던 자신의 능력이 드디어 발현되어 나타나는 것처럼 여겨진다.
⑧ 그러한 강점을 활용할 때는 소진감보다 의욕과 활기가 넘치게 된다.
⑨ 그러한 강점과 관련된 중요한 일들을 만들어내고 추구하게 된다.
⑩ 그러한 강점을 사용하고자 하는 내재적 동기를 지닌다.

대표 강점을 찾아내어 활용하는 것은 자아실현에 있어서 매우 중요하다. 이러한 강점은 어떤 일에서 탁월한 결과와 성취를 이루게 만드는 역량인 동시에 그 일을 하면서 의욕과 활기를 느끼게 만드는 동기를 부여한다.

(Peterson & Seligman, 2004)

02 강점에 대한 편견과 오해

누구나 자신의 강점을 알고 싶어 한다. 그럼에도 불구하고 강점을 모른 채 살아가고 있다. '나에게 강점이 있을까? 강점이 있다면 이렇게 살지는 않겠지.' 이러한 생각을 하고 있다. 강점에 대해서 제대로 이해하면 강점을 찾는 데 도움이 된다. 강점에 대한 편견과 오해를 크게 네 가지로 나누어 살펴 보도록 하겠다.

첫째, 강점은 강점을 개발할 수 있는 부모와 환경과 관련이 있다고 생각한다. 또한 '강점은 타고나는 것이 아니다'라고 여기지만 강점은 타고나는 것이다. 강점은 모든 사람이 날 때부터 가지고 나온다. 강점은 성격, 덕목, 흥미, 가치관을 통해서 찾을 수 있다.

둘째, '능력이 있어야 강점이 있다'는 오해이다. 누구나 처음부터 어떤 일을 처리하는 능력이 있는 것이 아니다. 자신감을 가질 때 능력도 배가 된다. 자신감을 키울 때 능력이 발휘된다. 누구도 자신을 처음부터 능력자라고 여기지는 않는다. 따라서 자녀에게 용기를 북돋아주는 것이 필요하다.

셋째, 누구나 모든 것을 완벽하게 해 낼 수는 없다. 슈퍼맨이나 슈퍼우먼처럼 모든 것을 다 잘 하는 팔방미인은 영화에서나 가능하다. 모든 것을 다 잘하는 것이 자기 강점이 아니라 독특한 특성으로 어느 부분을 비교적 잘하면 자신의 강점이다. 모든 것을 잘하면 강점을 찾을 수가 없다.

네 번째, 강점을 찾는 것은 어렵고 시간이 많이 걸려서 평생 자신의 강점을 모르고 살 수도 있다. 그러나 강점은 성격, 덕목, 흥미, 가치관을 통해서 빠른 시간 안에 찾을 수 있다.

한 가지 기억할 사실은 강점을 모두 타고나지만 누구나 강점을 활용해서 만족한 삶을 누리는 것은 아니다. 강점을 발휘해서 지속적으로 좋은 결과를 내기 위해서는 노력이 필요하다.

03 강점과 친한 세 가지: 꿈 & 열정 & 행복

1. 꿈

　미래를 상상하면서 그림을 그리듯 그리는 나의 꿈, 나의 강점을 알면 꿈그림을 잘 그릴 수 있다. 나에겐 무한한 가능성이 있다. 이 가능성에서 강점을 끌어 올리면 꿈이 나온다. 나의 가능성을 눈을 지긋이 감고 꾹 믿어보라. 그러면 꿈을 꿀 수 있다.

　피아니스트 조성진이 '꿈의 무대'인 미국 뉴욕 카네기홀에서 데뷔 무대를 가졌다. 조성진은 카네기홀에서 독주회를 하는 것이 어린 시절부터 꿈이었는데 그 꿈을 이룬 것이다.

　조성진은 아마도 카네기 홀에서 독주회를 하는 자신의 모습을 상상하면서 꿈을 키워 나갔을 것이다.

　인생을 어떻게 살아야 할 것인가? 무엇을 할 것인가? 무엇을 위해 살 것인가? 에 대한 대답이 꿈이다. 인생의 목표가 꿈이고 비전이다. 모든 조건이 완벽해질 때까지 기다리지 말고 지금 꿈을 꾸라. 이제까지 아무 꿈도 꾸지 않았다 하더라도 지금 꿈을 꾸면 된다. 꿈은 꿈꾸는 자의 것이다. 꿈을 꾸는 것은 자유이고 돈이 안 든다. 꿈을 꿀 때 가슴이 설레고 기대가 살아난다.

　인생을 크게 3시기로 나눌 수 있다. 1기 청소년•청년기, 2기 중년기, 3기 노년기로 구분해 볼 수 있다. 1기에는 씨앗을 뿌린다. 2기에는 나무가 자라서 열매를 맺는다. 3기는 열매를 따고 수확을 한다. 이처럼 씨앗을 뿌려야 나무가 자라고 열매가 맺힌다. 전체 100년의 인생 중에 청소년기는 꿈을 가져야 하는 시기이다. 2기에는 나무가 자라서 열매를 조금씩 맺는 수확기이다. 3기는 수확의 황금기다. 씨앗이었던 나무는 우람한 나무가 되어 새들이 와서 집을 짓고, 그늘에서 사람들이 쉬어 간다.

　인간은 생존의 욕구를 넘어서 자아실현의 욕구가 있다. 자아를 실현하려는 꿈은 나의 인생에 대한 책임감을 주고 독립적인 존재인 인생의 주인으로 살게 한다. 인생의 올바른 방향성을 정하게 하고 의미를 부여한다. 살아가고 싶은 이유와 소망을 준다. 청소년기 자아 정체감은 인생의 꿈을 가질 때 형성된다. 자신의 강점을 이해할 때 자신의 꿈도 찾을 수 있다.

반면에 꿈과 목표가 없는 삶은 무기력, 방황, 혼돈을 가져다준다. 꿈이 없으면 시간과 인생을 낭비하게 된다. 진정한 행복과 즐거움을 누리지 못한다.

2. 열정

열정은 꿈을 향해 달려가게 하는 에너지이다. 열정은 꿈에 날개를 달아준다. 예를 들면, 꿈이 자동차라면 휘발유는 열정인 셈이다. 꿈을 향해 한걸음씩 나가는 것은 열정이 있기 때문이다. 열정에 불이 지펴질 때는 강점을 살린 나만의 일을 할 때이다. 새벽에도 눈이 번쩍 뜨이고 밤을 샐 수 있는 열정이 생기는 것이다.

강점을 살린 일을 할 때 열정은 몰입하게 한다. 몰입하여 즐겁게 일을 하는 과정 속에서 충분히 행복감을 느낀다. 이것은 이 일이 나의 꿈에 닿아있기 때문이다.

꿈을 위해서 거뜬하게 대가를 치르게 만드는 것이 열정이다. 열정은 내가 정말 원하는 일을 할 때 찾아온다. 열정은 돈과 체면, 남의 인정을 버리게 만든다. 꿈을 돈으로 바꾸지 않는 사람이 있다. 피자 열판을 새벽에 배달하고 생활을 꾸리면서 하고 싶었던 그림을 그리고 사는 사람이 있다.

세상을 변화시키는 일에는 개척자가 있다. 우리는 그러한 개척자들을 주위에서 심심찮게 본다. 개척자는 자기 삶을 내던지는 대가를 지불하면서까지 그 길을 간다. 아무도 간 적 없는 미지의 길을 간다. 가면서 모든 종류의 고난을 감내한다. 정말로 하고 싶은 일을 하는 것은 대가를 지불해야 한다. 이렇게 갈 수 있는 이유가 무엇이라고 생각하는가? 바로 열정때문이다.

인간에게 두려움은 항상 있다. 그 두려움마저 뛰어 넘을 수 있는 힘은 열정에서 온다. 꿈이 있는 한 희망이 있다. 희망이 있는 한 열정도 샘솟는다. 신이 꿈과 희망을 같이 주신 것은 인간에 대한 자비와 긍휼이다. 희망을 버리지 않은 사람은 죽지 않고 마침내는 소생해서 꿈을 현실로 만든다. 새로운 꿈을 꾸고 이루어 내는 사람들로 인해 우리가 더 나은 생활을 하고 있다. 이런 어려움을 감내한 사람은 영향력을 끼친다. 꿈을 꾸는 제자를 만들게 되는 것이다. 자신의 스토리가 있기 때문에 남에게 들려줄 수 있다. 비록 그 사람은 죽어도 이 스토리는 살아서 네버 엔딩 스토리로 많은 사람들을 감동시킨다.

3. 행복

'최근에 행복감을 느꼈던 적이 언제인가?' 라고 질문하면 학생들은 어떻게 대답할까?

우리는 행복하고 싶다고 말한다. 그런데 왜 행복하지 않을까? OECD 국가 중 청소년 행복지수는 늘 하위에 머물러 있다. 자유학기제를 도입하고 학교 제도는 조금씩 바뀌는데도 행복하지 않다고 한다. 직장인 행복지수도 다른 나라와 비교할 때 매우 낮다. 생계유지형 직장인들이 대체로 많다. 학생과 직장인의 행복지수가 모두 낮은 것은 상관이 있는 것 같다.

나의 보물지도인 '드림보드'를 볼 때마다 꿈이 떠오른다. 미소를 짓는다. 행복하다.

예전에 사업하는 동역자들과 함께 각자의 드림보드를 만들면서 행복했다. 보물지도를 만들고 보물 찾기 여행을 떠나고 싶은 열정이 있었다. 가고 싶은 곳, 갖고 싶은 물건, 이루고 싶은 것, 되고 싶은 나의 모습, 등을 잡지의 그림을 오려서 보드에 붙였다. 드림보드의 제목은 '복의 유통자 양옥미의 보물지도'였다. 드림보드로 나의 꿈을 시각화하고, 나에게 응원을 했다.

행복을 가로 막는 것은 경쟁과 비교다. 경쟁은 남보다 내가 더 잘돼야 한다는 이기심에서 출발한다. 이것은 끝 점이 없기 때문에 멈출 수가 없다. 만족감이나 즐거움을 앗아가고 우울과 좌절만 안겨줄 뿐이다. 그래서 '짜증 난다'는 말을 청소년들이 많이 사용한다.

우울과 짜증을 남기는 경쟁과 비교에서 벗어나서 나만의 행복을 찾을 필요가 있다. 경쟁과 비교에서 벗어나기 위해서는 나의 가치를 알아야 한다. 나의 가치는 나의 강점을 알 때 찾을 수 있다. 나의 강점으로 나만의 꿈을 꿀 때 경쟁과 비교의 늪에서 벗어날 수 있다.

　내가 꾸는 꿈은 내가 좋아하는 일이고, 내가 좋아하는 일을 내가 선택할 수 있을 때 당연히 행복하다. 그 행복한 일의 목록, 나만의 꿈이 있어야 행복하다. 꿈은 남이 아닌 내가 자유롭게 꿀 때 행복하다. 자신이 좋아하는 일을 해야 행복하다. 그래야 나의 보물이 되는 것이다.

　끝으로 내가 나의 꿈을 응원한다.

　'사랑하고 축복해. 꿈은 이루어진다. 나를 통해 이룰 일들을 기대해. 힘내고 파이팅!'

04 강점의 이득: 회복. 자립, 성공

1. 회복

자존감은 나를 사랑하는 힘이다. 자존감을 회복하면 무기력한 우울감에서 벗어날 수 있다. 그런데 이 자존감은 타인으로부터 영향을 많이 받는다. 따라서 다른 사람의 평가나 판단, 기준에 흔들리지 않아야 자존감을 회복할 수 있다.

물론 나의 감정이 타인으로부터 공감 받을 때 회복될 수도 있지만 남이 공감해 주기를 언제까지나 기다릴 수가 없다. 따라서 스스로 자신의 감정에 공감하는 방법을 찾아야 한다. 그 방법 중 하나는 감정일기를 쓰는 것이다. 나의 감정 상태를 나타내는 단어를 적는다. 나의 감정 상태가 왜 이런지 돌아보고 내가 감정을 받아주면 공감을 느낀다.

자존감은 자신의 강점 찾기와 연결된다. 자존감을 회복하면 자신의 강점을 발견할 수 있다. 자존감이 없으면 잠재하고 있는 자신의 강점을 발견하지 못하기 때문이다.

강점이 좋은 줄은 아나 강점이 없다고 여기거나 믿지 못하는 학생들이 있다. 나의 강점을 인정하지 않는 것은 자존감이 낮기 때문이다. 나의 강점을 발견하고 하고 싶은 일을 찾으면 생기가 돌고 힘도 생긴다. 낮은 자존감 때문에 '못해요'. '싫어요' 하는 무기력 상태에서 벗어날 수 있다. 강점을 개발하는 것에 에너지를 사용하게 된다. 자신에 대한 고민을 하면서 낭비하는 에너지를 건강한 곳에 쏟을 수 있다.

가만히 앉아서 나를 계속 들여다보기 보다는 지금 할 수 있는 사소한 실천을 행동으로 옮기면서 움직여야 한다.

강점과 자존감은 따로 떨어져 있는 것이 아니라 함께 있다. 강점을 찾아서 자존감을 회복하면 자신의 길을 종횡무진 갈 수 있다. 함께해야 서로의 빛을 발할 수 있다.

2. 자립

이순신 장군은 영화 '명량'에서 12척의 배로 일본 해군과 싸워야 했다. 장군은 안으로는 부하들의 부정적인 의견과 갈등을 겪었다. 밖으로는 거북선도 없이 12척의 배로 싸워야 하는 백척간두의 위기 앞에 놓였다. 이순신 장군이 위기를 극복하기 위해 선택한 것은 도망이 아닌 정면승부였다.

이렇게 정면승부해야 하는 위기는 인생에 대략 세 번 가량 온다. 청년기, 중년기, 노년기이다. 청년기 때 사회에 나가 직장생활을 해야 할 때, 중년에 퇴직을 하고 2막 인생을 준비할 때, 노년기가 시작되면서 3막 인생으로 노후를 준비해야 할 때이다. 우리나라 노인의 절반이 노후 준비를 못하고 있다고 한다.

우리는 지금 이순신 장군이 처한 위기와 비슷한 처지다. 글로벌 경쟁력이 약하고 로봇은 일자리를 위협한다. 직업은 급속한 속도로 사라지고 생성하기를 반복한다. 미래의 안정이 보장되지 않는 시대에 살고 있다.

사회에서 직장생활을 하고 은퇴를 맞은 어르신이 책을 내면서 조언을 했다. '30년간 몰입해서 할 수 있는 일을 찾아라'고. 청소년 시기에 이런 어르신의 경륜이 담긴 조언이 마음에 와 닿는가? 별로 안 와 닿을 수 있다. '지금 당장이 중요해. 나는 뽀대가 나야 하고 인정받아야 한다고. 루저로 살 수는 없어.'

《졸업하고 뭐하지》책을 쓴 라임글로브 최혁준 대표는 40대 초반에 직장생활에 싫증이 나서 자기 길을 찾기 위한 고민에 빠졌다. 결국 직장을 벗어나서 '사회공헌 컨설팅'이란 미지의 영역을 개척한 후 지금도 활발한 활동을 하고 있다. 대표의 친구들은 '오십이 넘어서도 네가 하고 싶은 일을 할 수 있어 부럽다'라는 말을 한다고 한다. 최대표는 돈으로 환산할 수 없는 가치와 행복은 있다고 말한다. 그는 행복은 자기만족에 있지 돈으로 살 수 있는 것이 아니라고 말한다. 40대에 명퇴를 당하는 시대를 살고 있다. 제2막 인생을 준비하는 시기가 이 때다. 사실 자신의 일에서 가장 꽃을 피울 수 있는 때가 40대다. 20~30대부터 자신의 강점을 살린 일을 40대까지 했다면, 10년 이상의 경력으로 전문성을 확보할 시기이다. 명퇴가 일의 끝이라고 본다면 이것은 일의 시작인 셈이다.

인생의 위기 앞에서 자립의 기초석을 청소년기에 놓아야 한다. 청소년기는 자립을 위한 준비를 하는 시기이다.

자립은 영어로 Self-help, Self-reliance, Self-establishment이다. 청소년 교

육에서 자립의 개념은 신체적, 정신적, 사회적 발달을 위해 필요한 생활수준을 먼저 확보하는 것이다. 그리고 자신의 삶을 주체적으로 통제하며 살아간다는 의미다.

청소년기에 30년을 내다보면서 인생 전반에 걸쳐서 해야 할 일을 찾아야 자립의 기반을 마련할 수 있다. 올인하고 싶은 일을 찾아라.

3. 성공

우리 사회는 성공을 대체로 돈을 많이 버는 것으로 이해한다. '집안이 좋다'라고 할 때 '좋다'는 가문의 혈통이 좋다는 의미보다 부자라는 의미로 사용한다. 성공 강박증에 시달리며 부자되기에 혈안이 된 부모들은 자녀들의 진로를 돈의 수입과 연결시킨다. 그리고 돈을 버는 과정보다는 빠른 결과를 더 중요시한다. 로또 당첨 한방으로 인생 역전을 꿈꾸는 이들도 있다.

이런 사회의 분위기 때문인지 '인생은 한방이다'라고 여기는 청소년들이 있다. 한방으로 홈런을 치고 폼 나게 살고 싶은 것이다. 성공이 마치 한 번의 운으로 되는 것처럼 착각한다. 운이 따르는 경우가 있다. 이런 경우는 미리 준비를 했는데 운이 온 경우이다. 운만 온다고 되는 것은 아니다. 땀 흘리지 않고서 열매를 거두겠다는 것은 도둑놈 심보. 한방이 홈런이 되려면 내공이 쌓인 일이어야 한다.

많은 대학생들이 대기업에만 들어가고자 한다. 이로 인한 사회문제가 장기적인 청년실업이다. 다양한 진로 찾기가 제대로 안되면서 대기업과 안정적인 직장의 숫자가 희망수요를 채우지 못하기 때문이다. 자신을 제대로 알지 못하는 사람들이 다른 사람이 추구하는 성공을 구하면서 방향성 없이 내달리기 때문에 일어날 수밖에 없는 현상이다.

우리나라 학생들은 다른 나라에 비해 진로의 선택이 다양하지 않다. 공부를 잘하는 학생들이 원하는 직업이 일명 '사'자 돌림의 몇 가지로 한정되고 있다. 자신의 개인적인 적성이나 흥미를 우선적으로 고려하지 않고 돈을 많이 벌어서 성공을 해야 한다는 강박관념을 본다.

다른 나라의 청년들이 이른바 '디지털 유목민'이라는 신조어를 발생시키면서 새로운 진로 찾기를 시작했다. 우리나라의 청년들도 시대의 변화를 받아들이고 다양한 진로를 모색하면서 세상으로 나가야 한다..

다양한 진로는 각 개인이 자신의 강점을 살린 일을 찾아가기다. 강점을 살린 일은 모험과 도전이 따르기 때문에 아직 기회가 많은 청소년 때부터 시작하는 것이 좋다. '젊어서 고생은 사서도 한다'는 말이 있다. 고생을 사서 할 만큼 시간도 있고 건강이 있다는 것이다. 인생에 유익을 준다는 뜻이다. 젊어서 여러 가지 고생을 경험해보라. 그리하여 나의 분야를 찾아보기 바란다. 그것이 성공의 초석이 될 수 있다.

나의 인생을 사는 것이 성공이자 행복이다. 성공은 자신의 강점을 살린 일에 사회적 가치를 실현하면서 살아갈 때 따라오게 되어 있다.

"음악이 바뀌면 춤도 바뀌어야 한다(When the music change, So does the dance)"

아프리카에 있는 속담이다. 음악이 바뀌었다. 나만의 춤을 음악에 맞추어 춰야 한다.

05 진로 핵심 키워드

"네 꿈은 그것이 아니었잖아."

"네가 원하던 나의 모습이 이런 것 아니었어? 고정적인 월급이 나오는 것..."

영화 〈라라랜드〉에서 미아와 남자친구인 세바스찬이 나눈 대화다.

자신의 꿈이 있지만 미아와의 사랑이 이루어지길 원했던 세바스찬처럼 청소년들은 주위 사람들이 원하는 모습으로 살고 싶어 한다. 청소년들에게는 부모나 주위 사람들의 사랑과 인정이 너무 중요하기 때문이다.

요즘 젊은이들의 꿈은 정규직이다. 취업을 할 때 월급이 나오는 정규직을 원한다. 이것도 어려우면 정규직이 될 가능성이 있는 일을 찾는다. 일단은 취업의 관문을 통과해야 하기 때문이다. 직장에 들어가서 월급을 받는 일을 선택해야 안정적이라고 생각한다. 진로를 취업에 맞추지 않으면 비현실적인 이상주의자로 낙인찍히고 안정적인 정규직에서 벗어나면 아웃사이더가 되기 때문이다.

대부분의 사람들은 하고 싶은 일을 하려 한다. 하지만 당장 먹고 살아야 하는 현실과 환경이 발목을 잡는다. 때문에 당장 월급을 받을 수 있는 곳이 최고의 직장으로 보인다. 그렇지만 당장의 월급이 미래를 보장하는 것은 아니다. 다시 중년기와 노년기를 맞아서 두 번째, 세 번째 진로를 설정해야 하기 때문에 장기적인 안목으로 판단하는 게 바람직하다. 나만의 인생의 방향과 목표가 안 세워져서 진로를 돈을 벌기 위한 수단으로 여긴다.

진로는 단지 돈을 벌기 위한 통로가 아니다. 진로(Career)라는 단어는 '수레가 길을 따라 굴러간다.'라는 라틴어의 어원에서 알 수 있듯이 진로란, '한 사람이 나아가야 할 방향이나 목표'를 의미한다. 따라서 길을 잘못 들어서거나 너무 먼 길로 돌아가지 않으려면 내가 걸어갈 삶의 방향이나 목표를 잘 설계하는 것이 중요하다.

청소년교육의 진로개발에서 진로는 직업적 성취와 자아실현을 동시에 포함한다.

진로는 좁은 의미로는 일과 직업에 관련된 인생의 길을 의미한다. 넓은 의미로는 사람의 일생을 통하여 이루어지는 모든 활동과 나아갈 길을 의미한다. 일과 직업을 같이 고려해야 한다. 직장 따로 취미 따로가 아니라 취미처럼 일할 수 있는 분야로 가는 게 바람직하다.

직업적 성취와 자아실현을 이루는 진로의 핵심은 강점에 있다. 강점을 살린 일은 좋아서 하기 때문에 직장과 취미를 통합할 수 있다.

부모나 남이 좋다고 하는 진로를 무작정 가는 이유는 나의 강점을 모르기 때문이다. 강점은 내 인생의 방향과 목표 안에서 조금씩 드러난다. 좀 더 구체적으로 내가 집중하고 몰입해서 하고 싶은 일에서 강점이 발휘된다. 강점을 살리는 일을 찾아야 한다. 이 일을 통해 진정한 자아실현을 이룰 수가 있다.

강점은 어린 시절부터 지금까지 나를 돌아볼 때 내가 흥미를 가지고 잘했던 것에서 찾을 수 있다. 강점은 우선 내가 잘하는 일이다. 자신의 강점을 이해할 때 자신이 하고 싶은 일도 찾을 수 있다.

강점은 자신의 능력 중에서 가장 우수한 점이다. 강점을 살린 일을 해야 하는 이유는 바로 여기에 있다. 강점을 살린 일은 대체가 불가능하다. 나의 독특함과 특별함으로 창조하고 계발할 수 있기 때문에 무한정 성장할 수 있다.

아침에 잠이 깨서 눈을 비비며 중얼거린다.

"날씨가 정말 화창하네. 내가 듣고 싶은 모닝송을 부탁해"

"네, 주인님!"

알라딘의 마술램프에서 '펑'하는 연기와 함께 나타나는 지니가 로봇이 되어 우리 옆에 와 있다.

AI(인공지능), 로봇, IoT(사물인터넷), 3D프린팅 등의 신기술이 4차 산업혁명을 대표한다. 4차 산업혁명으로 인해 현재와 미래가 급속한 속도로 변화하고 있다. 무엇보다 직업 분야의 변화가 두드러진다.

"세계경제포럼(WEF)은 2016년에 '미래 고용보고서'를 발표했다. 2020년까지 전 세계에서 710만개의 직업이 사라진다. 대신 210만개의 새로운 직업이 생겨날 것이라고 한다. 500만개의 직업이 감소하게 되는 것이다. 이런 흐름 속에서 우리나라의 미래창조과학부와 한국과학기술기획평가원이 오는 2027년 일자리 구조 변화에 대응하기 위한 개인역량과 미래 유망 직업군을 소개해 미래 전략서를 발간했다.

'10년 후 대한민국, 미래 일자리의 길을 찾다'란 제목의 이 보고서는 "반복적이고 정형화된 일들은 기계가 대체하고, 인간은 창의력과 고도의 전문성을 발휘하는 고부가가치 업무에 집중하게 될 것"이라고 강조했다. 그 대안으로 △획일적이지 않은 문제 인식 △다양성의 가치를 조합한 대안 도출 △기계와의 협력적 소통 등을 중심으로 한 11개 세부역량을 제시했다."

(류준영, 머니투데이, 2017.2.6.)

인공지능사회에서 직업은 스펙, 회사, 봉급의 차원을 넘어서 자신이 몰입할 수 있는 일을 창조하는 개념으로 확장되고 있다. 점차 직업의 고정적인 의미가 유연성 있는 일의 개념으로 바뀌고 있다. 야근까지 하면서 그저 시키는 일만 하고 월급만 받았다면 직장이 없어지는 순간 할 일도 없어진다. 직장에서 나오더라도 내가 갈고 닦은 일로 무기를 만들어 전 세계를 누비면서 일할 수 있어야 한다. 내가 할 수 있는 일이 있으면 글로벌 사업이 되는 것이다. 그러므로 회사가 문을 닫거나 고용하지 않으면 직업을 잃는 것에서 자유로워져야 한다.

김범수 카카오 의장은 이렇게 말했다.

'게임 룰이 바뀐다. 직업 찾지 말고 스타트업 하라.'

기존에 해 오던 일은 AI가 더 잘한다. 인간이 할 일은 창의적인 성과를 내는 것이다. 졸업장이 나의 진로를 보장해주지 않는다. 음악이 바뀌고 게임룰이 바뀌었다. 거기에 맞추어서 춤을 추고 경기를 해야 한다.

그럼에도 불구하고 정규직을 꿈으로 두고 앞만 보고 달려가는 사람들이 있다. 아무 생각도 없이 주위를 둘러보지 않고서 말이다. 시대는 빠른 속도로 바뀌고 있지만 정말로 잘 안 바뀌는 것이 있다. 그것이 무엇이라고 생각하는가? 사람이다. 사람만 느리게 변화한다.

이세돌이 알파고와 대결해서 바둑에 패하는 것을 보면서도 사람들의 의식은 잘 안 바뀐다. 이런 현상을 보고 판이 바뀌는 것을 감지해야 하는 데도 생각은 몇 십 년 전 그대로다.

내가 좋아하고 잘하는 것을 중고등학교 때까지 탐색하다가 취직이 되는 분야에 맞춰서 진학을 한다. 고등학교를 졸업할 때는 취직이 잘되는 과로 대학을 간다.

그러나 당장에 취직을 했다고 미래가 보장이 된다고 볼 수 없다. 3차산업혁명시대가 4차산업혁명인 인공지능시대로 바뀌었기 때문이다.

인공지능시대는 고용, 비고용, 정규, 비정규의 개념을 넘어선다. 요즘 매스컴에서는 20년 뒤에 현재 직업의 40% 이상이 사라진다는 미래 전망 관련 방송을 많이 하고 있다. 이것이 인공지능 시대를 맞은 우리의 현실이다.

지금 인공지능시대는 평생직장 대신 평생직업 시대이다. 내가 평생 할 수 있는 일을 만나야 한다는 말이다. 프리랜서와 1인 기업가 시대다. 1인 미디어를 포함한 많은 영역에서 1인 기업가 시대가 열려가고 있다.

프리랜서와 1인 기업의 공통점은 회사에 얽매이지 않는 시간의 자유다. 그리고 자신만의 콘텐츠가 있다는 것이다.

1인 기업가 시대가 열리고 있지만 청년실업으로 대학이 직장을 보장하지 않아도 학부모의 의식이 빠른 사회 변화를 따라가지 못하고 있다. 글로벌시대라서 경쟁 대상이 바뀌었는데도 여전히 명문대를 고집하고 있다.

명문대 졸업장이 인공지능시대 경쟁력이 될 수 없다. 인공지능시대 경쟁력은 창의성이다. 새로운 아이템을 창조하는 역량이 필요하다. 창의적인 성과를 내는 일은 자신의 강점 분야에서 나온다. 강점은 자신을 충분히 이해하고 알 때 제대로 찾을 수 있다. 나를 모르면서 시대만 따라가다 보면 임시방편일 수밖에 없다. 나를 알고 타인을 이해할 필요가 있다. 이 일을 통해서 변화하는 시대 트렌드에 맞추어서 유연하게 대처할 수 있는 역량을 길러야 한다. 안정성과 고정 수입에 대해서는 모험을 할 각오를 해야 한다.

나를 제대로 알면 강점에 초점을 맞추어 역량을 개발할 수 있다. 인공지능시대 경쟁력은 강점 파워에 있다. 로봇과 경쟁을 넘어 공존해야 한다. 강점으로 정면승부해야 한다. 강점 파워는 생존을 위한 최종병기다.

♧ 쉬어가는 코너

아래 내용을 서로 나누어 봅시다.

▪ 1장을 마무리하면서 나에게 남는 생각은 무엇인가?
  적고 나누어 봅시다.

  (   )

▪ 나에게 떠오르는 긍정적인 단어나 느낀 점은 무엇인가?
  적고 나누어 봅시다.

  (   )

▪ 내가 생활 속에서 실천하고 싶은 점은 무엇인가?
  하나만 적고 말해 보세요.

  (   )

2장 성격을 알면 강점이 보인다

일을 진심으로
사랑하고 있다면
그는 이미
성공한 사람이다.
　　-알버트 슈바이처

01 지피지기로 찾는 나의 강점

'지피지기 백전백승' 이 말은 '지피지기 백전불태(知彼知己百戰不殆)'에서 유래한다. 상대(相對)를 알고 자신(自身)을 알면 백 번 싸워도 승리한다는 뜻이다.

나의 성격을 알면 타인의 성격도 알 수 있다. 강점은 나를 아는 것에서부터 시작된다. 자신의 성격을 제대로 알면 자신의 강점을 찾을 수 있다. 나를 알아야 나의 강점을 알수 있다.

인생의 모든 것은 '자기이해'가 우선이다. 자기 이해는 집의 주춧돌과 같다. 자기이해의 대표적인 것이 성격이다. 주춧돌이 탄탄하지 않으면 집은 무너지고 만다. 세상은 변하는데 나의 성격은 잘 변하지 않는다. 변하지 않는 내 성격을 잘 아는 것이 세상을 더 지혜롭게 사는 방법이다.

내가 어떤 직업에 맞는지 확인하기 위해 다양한 직업 체험은 필요하다. 그렇다고 모든 직업을 경험할 수는 없다. 나에게 맞는 직업을 성격, 흥미와 가치관 등을 통해 좁혀가면서 시행착오를 줄일 수 있다. 그런 의미에서 나를 찾아가는 여행을 해 보자.

나를 찾아가는 것은 곧 나의 성격을 이해하는 여정이다. 대표적인 성격유형검사가 MBTI, 에니어그램, DISC이다. 성격유형을 통해서 나에게 맞는 일을 찾는 것은 여러 가지 유익이 있다.

첫째, 성격유형을 알면 나의 강점이 무엇인지 알 수 있다. 자신만의 고유한 성격에는 강점이 있다. 성격에서의 강점은 잠재력과 가능성을 말한다. 이 잠재력과 가능성을 훈련할 때 더 크게 성장할 수 있다.

둘째, 나의 내부에서 찾기 때문에 쉽게 수긍하고 인정할 수 있다. 강점 찾기는 위대한 나를 발견하는 것인데 받아들이기 어려우면 적용하기도 어렵다. 외부에서 끌어와서 나에게 맞추려고 하면 어색하다. 강점의 내용이 나와 동떨어져서 너무 어려워도 이해할 수가 없다.

셋째, 강점을 찾는 데엔 시간이 많이 걸리고 관찰하는 데 노력과 시간이 많이 필요하고 복잡하다. 하지만 나를 관찰해서 강점을 찾기 위해 타인의 도움을 받으면 평생 나를 찾고 발견해야 하는 것에 비하면 아주 많은 시간과 에너지를 줄여준다.

네 번째, 자신을 좀 더 본질적으로 이해할 수 있다. 성격은 타고난 것이고 지금까지 변화한 것이기 때문이다. 성격 파악을 통해 내가 어떤 위치에 어떤 모습으로 있는지 파악하기가 수월하다. 성격유형에서 중요한 것은 어느 한 유형만으로 불완전하다. 모든 유형이 공존할 때 완벽한 그림이 완성되는 것이다.

〈성격유형 테스트 주의사항〉

선천적으로 선호하는 경향성(preference)을 알고자 하는 것이다.
내가 더 지속적이고 일관성 있게 활용하는 것이다.
상대적으로 더 쉽게 끌리는 것이다.
습관처럼 편안하고 자연스러운 것이다.
내가 더 자주, 더 많이 쓰는 것이다.
내가 더 좋아하는 것이다.
내가 편하고 쉬운 것이다.
좋고 나쁨이나 맞고 틀림이 없다.
나와 타인은 '틀리다'가 아니라 '다르다'는 것을 인정하자.
인성의 성숙 정도나 도덕성 수준과는 상관이 없다.
학업능력이나 IQ와 상관이 없다.
떠오르는 대로 체크하면 된다.

02 MBTI(Myers-Briggs Type Indicator)

MBTI는 마이어스와 브릭스가 융(C.G. Jung)의 심리유형론을 근거로 고안한 자기보고식 성격유형 검사이다. 각 개인의 선호성이 근본적으로 다르기에 4가지 선호지표가 있다고 본다. 선호성이란 내가 습관처럼 편하고 자연스럽게 사용하는 것을 말한다.

주어진 상황에서 사람들이 무엇에 주의를 기울이는가? (주의초점)
외부로부터 정보를 어떻게 수집하는가? (인식 과정)
수집한 정보에 근거해서 행동을 위한 결정을 내리는 데 사용하는 판단기능은 무엇인가? (판단 과정)
그들이 판단하고 결정한 것에 관해서 어떻게 행동을 내리는가? (생활양식)

MBTI에서 선호성을 나타내는 네 가지 지표

지표	선호 경향	주요 활동
E(외향) – I(내향)	에너지의 방향은 어느 쪽인가?	주의 초점
S(감각) – N(직관)	무엇을 인식하는가?	인식 기능
T(사고) – F(감정)	어떻게 결정하는가?	판단 기능
J(판단) – P(인식)	채택하는 생활 양식은 무엇인가?	생활 양식

MBTI 4가지 선호 지표 특성

외향형(E)	에너지 방향	내향형(I)
다른 사람이나 사물 등 외부세계에 관심이 많음 폭넓은 인생 추구 외부 활동과 적극성 말로 표현, 적극적 행동 시키지 않아도 이야기한다		생각이나 아이디어 등 내부세계에 이 많음 깊이 있는 인생 추구 내부 활동과 집중력 글로 표현, 적극적 사색 시켜도 잘 이야기 하지 않는다
감각형(S)	**정보 수집**	**직관형(N)**
시각 청각 등 감각을 통해서 사실이나 사건을 더 잘 받아들임 오감에 의한 실태파악 현실을 있는 그대로 본다 정확한 정보처리 나무를 보려는 경향 일관성과 일상성 사실적, 구체적 사건묘사		사실과 사건을 보이는 대로보다는 의 의미를 더 잘 받아들임 육감에 의한 가능성과 의미 추구 미래의 가능성을 본다 비약적 정보처리 숲을 보려는 경향 변화와 다양성 암시적, 비유적 사건묘사
사고형(T)	**판단 근거**	**감정형(F)**
생각을 통한 논리적 근거를 바탕으로 판단함 논리적, 분석적 객관적 판단 머리로 이해되어야 한다 객관적인 진실 추구 생각을 말한다 원리와 원칙		가치를 바탕으로 한 감정을 근거로 단함 상징적, 포괄적 주관적 공감 가슴으로 느껴져야 한다 공동의 조화 추구 느낌을 말한다 의미와 영향
판단형(J)	**생활 방법**	**인식형(P)**
외부세계에 대해 빨리 판단내리고 결정하려 함 주어진 상황을 통제 규칙적인 분명한 방향감각 분명한 목적의식 정리정돈과 계획		정보 자체에 관심이 많고 새로운 에 적응을 잘함 주어진 상황에 적응 탄력적인 환경에 따른 변화 목적과 방향은 변화 가능 상황에 맞추는 융통성

1. 나의 MBTI 유형은 무엇인가?

외향형 VS 내향형

외향형(E)은 주로 외적세계를 지향한다. 사람과 대상 등 외부세계에서 일어나는 것에 의해 에너지를 얻게 된다. 외부세계가 당신의 에너지가 지향하는 방향이 된다. 외향성의 사람들은 세상을 이해하기 위해서 외적경험을 필요로 한다. 먼저 행동으로 체험하려는 경향이 있다. 따라서 그들은 활달해 보이고 활동적으로 보인다.

내향형(I)은 주로 내적세계를 지향하므로 개념이나 사상 등 자신의 내부세계에 더 초점을 두는 경향이 있다. 당신은 내면세계에서 일어나는 것에 의해 에너지를 얻게 된다. 이것이 당신의 에너지가 지향하는 방향이 된다. 이들의 업무가 생각을 주로 하는 활동을 많이 요구할 때 더 많은 흥미와 편안함을 느낀다. 그들은 세상을 직접 경험하기 전에 먼저 생각 속에서 이해하려고 하는 경향이 있다.

E 와 I 둘 중 하나를 체크하세요.

E : 나는 말을 하다 보니 실수할 때가 종종 있다   □
I : 나는 말이 없어 주변 사람들이 답답해 할 때가 있다   □

E : 새로운 사람을 만나면 나는 기분이 좋아 진다   □
I : 나는 모르는 사람을 만나는 일이 피곤하다   □

E : 어떤 일에 대해 말하는 도중에 생각하고 대화 도중 결심 할 때가 있다   □
I : 어떤 일에 대해 의견을 말하기에 앞서 신중히 생각하는 편이다   □

E : 나는 팀으로 일하는 것이 편하다   □
I : 나는 혼자 혹은 다른 사람 한명 정도와 일하는 것이 편하다   □

E : 나는 생각이나 견해를 다른 사람들에게 표현하는 것을 좋아 한다   □
I : 나는 대체로 나의 생각을 내 안에 간직하는 편이다   □

E : 회의나 모임이 끝나면 말을 너무 많이 한 것 같다고 후회할 때가 있다   □

I : 회의나 모임이 끝나고 나면 나의 생각을 이야기하지 않은 것에 대해 후회할 때가 있다

□

E : 오랜 시간 혼자 일하다 보면 외롭고 지루하고 힘들다   □

I : 혼자 오랜 시간 일해도 외롭거나 지루하지 않다   □

E : 일할 때 적막한 것 보다는 어느 정도의 소리가 자극이 되기도 한다   □

I : 나는 시끄러운 환경에서 일을 제대로 할 수 없다 □

E : 말이 빠르고 목소리가 큰 편이다   □

I : 목소리가 작고 조용하게 말한다   □

E와 I 중에서 더 많은 √표가 있는 것을 써 봅시다.

나의 에너지 방향은?   (   )

감각형 VS 직관형

감각형(S)은 자신의 내적, 외적세계에 무엇이 존재하는가, 또한 그것들이 어떻게 발생하는 가에 대한 정보를 자신의 오관(다섯 가지 감각 기관. 눈, 귀, 코, 혀, 피부)에 의존하여 받아들인다. 감각기능은 상황의 실체를 이해하는데 특히 유용하다. 감각형의 사람들은 무엇이 현재 이 상황에 주어졌는가를 수용하고 처리하는 경향이 있기에 현실적이고 실용적인 특징을 지닌다.

직관형(N)은 육감에 의존하여 정보를 얻어낸다. 오관(다섯 가지 감각 기관. 눈, 귀, 코, 혀, 피부)에 의해 얻어진 사실적 정보의 차원을 넘는 가능성이나 드러나지 않는 의미와 전체적인 관계에 관심이 있다. 즉 직관형은 전체를 파악하고 새로운 일처리 방식을 추구한다. 직관형은 상상력과 영감에 가치와 비중을 둔다. 이런 사람들은 현재에 머물기 보다 미래의 성취와 변화, 다양성을 더욱 즐기고 전체를 보기위해 세밀한 사항은 간과하는 편이다.

S 와 N 둘 중 하나를 체크하세요.

S : 나는 현실적이다   □
N : 나는 미래지향적이다 □

S : 나는 과거의 경험으로 판단 한다   □
N : 나는 미래의 가능성으로 판단 한다   □

S : 나는 사실적 표현을 잘 한다   □
N : 나는 추상적 표현을 잘 한다(사실이나 현실에서 먼 막연하고 일반적인)   □

S : 나는 구체적이다   □
N : 나는 은유적이다(사물의 상태나 움직임을 암시적으로 나타내는)   □

S : 나는 상식적이다 (보통 사람들이 아는 것을 아는)   □
N : 나는 창의적이다   □

S : 나는 갔던 길로 가는 것이 편하다   □
N : 나는 새로운 길이 재미있다   □

S : 나는 집안일을 잘 할 줄 아는 편이다   □
N : 나는 집안일이 서투르다   □

S : 나는 말을 하다 보니 실수할 때가 종종 있다   □
N : 나는 말이 없어 주변 사람들이 답답해할 때가 있다   □

S : 나는 실제 경험을 좋아한다   □
N : 나는 공상을 좋아 한다   □

S와 N 중에서 더 많은 √표가 있는 것을 써 봅시다.

나의 인식기능은? (   )

사고형 VS 감정형

사고형(T)은 어떤 특별한 선택이나 행동에 대한 논리적인 결과들을 예측하여 의사를 결정한다. 당신이 사고기능을 활용할 경우 객관적인 판단기준에 근거하여 정보를 분석, 비교한 의사결정에 따른다. 그러므로 무엇이 진실한가에 관심이 많으며, 자신이 개인적으로 느끼는 가치보다는 무엇이 옳고 그른가 객관적인 기준과 공정성을 중시하는 편이다.

감정형(F)은 자신과 다른 사람에게 무엇이 중요한지에 초점을 둠으로, 인간중심의 가치에 기초를 둔 결정을 내리게 된다. 의사결정시 감정기능을 활용한다면 객관적인 기준보다는 자신이 어떤 가치를 중시하느냐가 중요하다. 그리고 그 결정이 자신과 타인에게 어떤 영향을 주는가에 집중하게 된다. 객관적인 진리보다는 선을 더욱 선호하고, 인간관계에 있어서 조화를 중시하며 일이나 사람에 대한 열정이 많은 편이다.

T 와 F 둘 중 하나를 체크하세요.

T : 나는 분석적이다　　□
F : 나는 감수성이 풍부하다　□

T : 나는 모든 일에 주로 객관적이다　　□
F : 나는 모든 일에 주로 공감적이다　　□

T : 나는 감정에 치우치지 않고 의사결정을 한다　□
F : 나는 상황을 생각하며 의사결정을 한다　□

T : 나는 이성과 논리로 행동 한다　　□
F : 나는 가치관과 느낌으로 행동 한다　□
T : 나는 능력 있다는 소리를 듣기 좋아 한다　□
F : 나는 따뜻하다는 소리를 듣기 좋아 한다　□

T : 나는 경쟁하는 편이다　□

F : 나는 양보하는 편이다 ☐

T : 나는 직선적인 말이 편하다 ☐
F : 나는 배려하는 말이 편하다 ☐

T : 나는 사건의 원인과 결과를 쉽게 파악 한다 ☐
F : 나는 사람의 기분을 쉽게 파악 한다 ☐

T : 사람들이 나를 차갑다고 하는 편이다 ☐
F : 사람들이 나를 따뜻하다고 하는 편이다 ☐

T와 F 중에서 더 많은 √표가 있는 것을 골라서 써 봅시다.

나의 판단기능은? (   )

판단형 VS 인식형

판단형(J)은 생활을 조절하고 통제하기를 원하면서 계획을 세우고 질서 있게 살아가는 경향이 있다. 당신이 판단 기능을 쓸 때는 결정하고, 일에 종결을 짓고, 어떤 일을 수행하는 것을 좋아한다. 이런 사람들은 구조화되고 조직화 되는 것을 더 좋아하고 일이 정착되는 것을 더욱 선호한다. 흔히 이들은 계획에 따라 일을 추진하고 미리 준비하는 편이며, 정한 기간 내에 일을 마무리 짓는 편이다.

인식형(P)은 상황에 맞추어 적응하며, 자율적으로 살아가기를 원한다. 그들은 사람을 통제하기 보다는 이해하려고 노력하는 편이다. 이런 사람들은 어떤 순간에도 적응할 수 있는 그들의 능력을 믿고, 다양하게 경험할 수 있도록 항상 개방적이기를 좋아한다. 그러므로 다양한 기회를 좋아하고 조직되어 있지 않은 애매한 상황에도 잘 적응해 나간다. 모든 경험에 열려져 있고 정한 시간 내 일을 마무리 못할 때도 있으나, 그 때 그 때 자발성을 가지고 상황에 대처해 나가는 편이다.

J 와 P 둘 중 하나를 체크하세요.

J : 나는 결정에 대해서 잘 변경하지 않는 편이다 ☐
P : 나는 결정에 대해서 융통성이 있는 편이다 ☐

J : 나는 계획에 의해서 일처리를 하는 편이다 ☐
P : 나는 일처리를 마지막에 벼락치기로 하는 편이다 ☐

J : 나는 계획된 여행이 편하다 ☐
P : 나는 갑자기 떠나는 여행이 재미있다 ☐

J : 나는 입장이나 결정에 대해 명확하게 언급하는 것을 좋아 한다 ☐
P : 나는 변화의 가능성을 생각하면서 자신의 입장을 임시적인 것으로 간주한다 ☐

J : 나는 조직적인 분위기에서 일이 잘 된다 ☐
P : 나는 즐거운 분위기에 일이 잘 된다 ☐

J : 나는 계획을 잘 세우고 조직적이다 ☐
P : 나는 순발력이 있다 ☐

J : 나는 규범을 좋아 한다 ☐
P : 나는 자유로운 것을 좋아 한다 ☐

J : 나는 일할 때 친해진다 ☐
P : 나는 놀 때 친해진다 ☐

J : 내 책상은 물건 정리가 잘 되어있다 ☐
P : 내 책상은 이것저것 물건이 어질러져 있다 ☐

J와 P 중에서 더 많은 √표가 있는 것을 골라서 써 봅시다.

나의 생활양식은? (   )

E와 I, S와 N, T와 F, J와 P 중에서 더 많은 √표가 있는 것을 골라서 써 봅시다.
MBTI 나의 유형 (　　　　) (　　　　) (　　　　) (　　　　)

2. 나의 강점을 찾아라

MBTI 16가지 성격유형 주요 특성

ISTJ(세상의 소금형) 한번 시작한 일은 끝까지 해내는 사람들

ISFJ(정리정돈형의 비서) 성실하고 온화하며 협조를 잘하는 사람들

INFJ(예언자형) 사람에 관한 뛰어난 통찰력을 가지고 있는 사람들

INTJ(과학자형) 전체를 보고 비전을 제시하는 사람들

ISTP(백과사전형) 논리적이고 뛰어난 상황적응력을 가지고 있는 사람들

ISFP(성인군자형) 따뜻한 감성을 가지고 있는 겸손한 사람들

INFP(타고난 몽상가) 이상적인 세상을 만들어가는 사람들

INTP(아이디어뱅크형) 비평적인 관점을 가진 뛰어난 전략가들

ESTP(수완좋은 활동가형) 친구, 운동, 음식 등 다양함을 선호하는 사람들

ESFP(사교형) 분위기를 고조시키는 우호적인 사람들

ENFP(스파크형) 열정적으로 새로운 관계를 만드는 사람들

ENTP(발명가형) 풍부한 상상력으로 새로운 것에 도전하는 사람들

ESTJ(사업가형) 사무적, 실용적, 현실적인 스타일로 일을 처리하는 사람들

ESFJ(친선도모형) 친절과 현실감을 바탕으로 타인에게 봉사하는 사람들

ENFJ(언변능숙형) 타인의 성장을 도모하고 협동하는 사람들

ENTJ(지도자형) 비전을 가지고 사람들을 활력적으로 이끌어가는 사람들

MBTI 나의 유형 (   )
16가지 성격유형 나의 유형 특성 중에서 가장 마음에 드는 강점 3가지는?

(,   ,   )

MBTI 16가지 성격유형표

ISTJ(소금형)	ISFJ(전통주의형)	INFJ(예언자형)	INTJ(과학자형)
사실적인 철저한 체계적인 신뢰할 수 있는 실제적인 조직화된 의무적인 분별 있는 근면한	상세한 성실한 충실한 참을성 있는 조직화된 봉사적인 헌신적인 보호하는 매우 섬세한	헌신적인 충실한 자비로운 창의적인 열정적인 결심이 굳은 개념적인 전체적인	독립적인 논리적인 비판적인 독창적인 체계적인 비전이 있는 이론적인 기준이 높은

ISTP(백과사전형)	ISFP(성인군자형)	INFP(이상주의형)	INTP(아이디어형)
객관적인 편의적인 실제적인 현실적인 사실적인 독립적인 모험적인 자발적인	돌보는 부드러운 온화한 융통성이 있는 민감한 예리한 협동적인 충성스러운 자발적인 이해하는	자비로운 부드러운 융통성 있는 헌신적인 모험심이 있는 창의적인 충성스러운 헌신하는 깊이 있는	논리적인 회의적인 인지적인 초연한 이론적인 독립적인 사색적인 독창적인
ESTP(활동가형)	ESFP(사교형)	ENFP(스파크형)	ENTP(발명가형)
행동지향적인 융통성 있는 재미를 좋아하는 재주가 많은 열정적인 낙천적인 민첩한 자발적인 실용적인	열성적인 융통성 있는 쾌활한 우호적인 명랑한 사교적인 표현적인 협동적인 느긋한	창의적인 호기심 있는 열성적인 재주가 많은 표현적인 독립적인 우호적인 열정적인	진취적인 독립적인 솔직한 전략적인 창의적인 융통성 있는 도전적인 분석적인 자원이 풍부한
ESTJ(사업가형)	ESFJ(친선도모형)	ENFJ(언변능숙형)	ENTJ(지도자형)
논리적인 결정적인 체계적인 효율적인 객관적인 실제적인 비개인적인 책임질 수 있는 구조화된	성실한 충성스러운 사교적인 개인적인 조화로운 협동적인 재치 있는 철저한 감동하기 쉬운	충성스러운 이상적인 개인적인 책임질 수 있는 표현적인 열성적인 열정적인 외교적인 염려하는	논리적인 결정적인 계획이 많은 전략적인 비판적인 조절된 도전적인 직선적인 객관적인

TIP 〈MBTI 그룹 활동〉

참여인원: 10~30명

준비물: 이 절지, 매직(검정, 빨강, 파랑)

소요시간: 대략 2시간가량

방법:

(1) 같은 유형끼리 모여서 조를 만든다.

  (한 그룹의 숫자가 많으면 두 개 그룹으로 나눈다)

(2) 활동 질문을 미리 1~2개 정도를 정해서 알려준다.

(3) 활동 질문에 대해 조별끼리 나누고 정리해서 이 절지에 적는다.

(4) 순서를 정하고 앞으로 나와서 조별로 발표한다.

(5) 한 명이 발표하고 한 명은 종이를 잡아준다.

(6) 그룹별로 각자가 활동을 하고 남는 것에 대해 나눈다.

MBTI 팀별 활동(E-I) 질문

▪ 우리의 특징을 표현할 수 있는 그림(사물, 동물 등)

▪ 쉴 때 하고 싶은 일

MBTI 팀별 활동(S-N) 질문

▪ 학교 주변 약도 그리기

▪ 죽기 전에 이루고 싶은 일 3가지는?

MBTI 팀별 활동(T-F) 질문

▪ 좋아하는 사람, 싫어하는 사람 유형

▪ 우리의 장점과 단점

MBTI 팀별 활동(J-P) 질문

▪ 여행계획 세워보기

TIP 〈강점 1분 스피치〉
강점 1분 스피치 3단계 방법 (A-B-A')
A 나의 강점 한 가지를 강조한다.
   (나의 성격유형특성에 나오는 강점 중에 한 가지를 정한다.)

B 나의 강점을 뒷받침할 에피소드(예화)를 한 개만 설명한다.

A' 나의 강점을 다시 강조해서 마무리한다.
   (강점으로 해보고 싶은 소망, 각오, 기대와 포부, 다짐 등)

자신의 강점 3가지를 찾았다면 강점을 발표해 보도록 하자.
나의 강점이 필요한 일이 있을 때 사람들은 나를 기억해 낼 것이고,
나는 큰 영향력을 발휘하며 성장해 나갈 수 있다.

강점을 말할 때 '성실한' 같은 표현을 자신 있게 하려면, 근거가
충분해야한다. 평소에 예화가 될 활동을 꼼꼼히 기록해 두는 것이 필요하다.
(1분 스피치 분량 A4 반장가량)

스피치의 기본은 제일 먼저 자신의 이름을 소개하는 것이다.
저는 '꿈쟁이'(별명 또는 형용사로 나를 꾸미는 말) ○○○입니다.
〈예시〉

안녕하세요. 저는 '센스쟁이' ○○○입니다.
A 저의 강점은 친절하다는 것입니다.

B 할아버지 한 분이 지하철 9호선에서 3호선 환승역을 찾아달라고 저에게 부탁
   을 하셨습니다. 3호선 표지를 찾지 못해서 그 방향까지 같이 갔습니다. 할아버
   지께서 고맙다고 하셔서 보람을 느꼈습니다.

A' 앞으로도 친절한 저의 강점을 살려서 어르신들의 길을 잘 안내해드리고 싶습
   니다.

03 에니어그램 3가지 힘 중심

에니어그램이란?

    에니어그램은 희랍어의 9란 숫자에 무게의 단위를 나타내는 Gram의 복합어로써, 인간의 기본적인 9가지 성격 유형에 대한 이론이다.

    에니어그램은 3가지 힘 중심에 9가지 유형이 있다. 여기에서는 3가지 힘 중심인 장 중심, 가슴 중심, 머리 중심에 대해서 살펴볼 것이다. 장중심형은 장, 배, 하복부에 힘의 중심이 있다. 가슴형은 심장 쪽에 힘의 중심이 있다. 머리형은 머리의 뇌 쪽에 힘의 중심이 있다. 3가지는 서로 다른 특성을 가지고 있다. 이 3가지 힘 중심 중 내가 어느 성격 유형인지를 알아보자.

    3가지 유형을 볼 때 직관적으로 느낌이 오는 쪽이 나의 유형일 가능성이 높다.

에니어그램 3가지 힘 중심 위치

장형(장 중심: 힘의 리더)

본능과 충동, 습관에 따라 움직인다. 환경을 장악해서 통제하고 지배하려 든다. 직관이 뛰어나서 몸으로 느낀다. 무의식적, 즉각적, 실제적, 직접적이다. 독립성이 있다. 직감으로 상황을 파악한 다음에 결단하고 행동으로 옮기는 활력이 있다. 내면에 분노가 깔려 있다.

환경에 적응하는 능력이 뛰어나다. 자신의 힘과 존재에 대한 믿음이 크다. 단도직입적이고 명령적이다. 원칙과 주관이 뚜렷하다. 당연과 의무, 진리와 거짓에 대해서 단호하게 대처한다. 용감하고 일단 행동으로 움직인다. 뜻대로 되지 않을 때 분노한다. 분노를 들여다 보아야 한다.

대표인물: 최경주(골프선수)

가슴형(심장 중심: 관계의 리더)

관계와 이미지 중심의 사람이다. 세상에 다가간다. 감정, 기억, 이미지, 꿈의 내적인 삶에 관심이 많다. 인간관계가 중요하다. 내가 남에게 보이는 이미지가 중요하다. 감정이 섬세하다. 내면에 수치심이 깔려 있다.

분위기와 상황파악에 직관적이다. 따뜻하다. 내가 좋아하는 사람인가 싫어하는 사람인가에 따라서 영향을 받는다. 남의 관심과 인정을 받는 것이 중요하다. 다른 사람이 나를 어떻게 대하는가가 중요하다. 혼자만의 시간이 필요하다. 나를 돌아보고 추스르는 시간이 필요하다.

대표인물: 오프라윈프리(방송인)

머리형(사고 중심: 비전의 리더)

세상을 관찰한다. 이성, 논리, 세밀한 미래 계획의 내적인 삶에 관심이 많다. 사고 중심으로 생각하는 것을 중시한다. 계획을 많이 세운다. 생각이 많아서 생각할 시간이 필요하다. 내면에 불안과 두려움이 깔려 있다.

안정을 추구한다. 전반적인 상황을 본다. 논리적이고 간단 명료한 것 선호한다. 지식과 정보 추구한다. 의미와 신념들, 전략이 중요하다. 생각을 나눌 사람이 필요하다. 나의 생각에 대해서 타인의 객관적인 피드백이 필요하다. 공동체 생활이 도움이 많이 된다.

대표인물: 손석희(아나운서)

에니어그램 3가지 힘 중심 특성

구분	머리형(이성형)	가슴형(감성형)	장형(행동형)
상징 단어	이성파, 계획파	감성파, 낭만파	행동파, 기분파
주요 관심	상황, 정보	타인과의 관계	힘과 존재
힘의 중심	뇌 (머리)	심장, 피 순환계 (가슴)	위, 식도, 창자(장)
욕구	안정	인정	지배와 통제
의사결정	논리와 이성 타당성에 따른 결정	관계된 사람, 영향받는 사람에 따라 결정	원칙과 주관, 당연과 의무에 따른 결정
외모	슬림하고 가벼운 체격, 깔끔하고 쌀쌀맞은 인상	둥글둥글하고 부드러운 용모, 매력적이고 호감이 간다	건장한 체격, 단호하고 도전적인 인상
에너지 보충	수면	대화, 수다	음식섭취
관심사	계획(현실적응)	사람(자기와의 관계)	일(영역지배)
감정	공포, 두려움(안전에 대해)	수치심(인간관계에서)	분노(뜻대로 되지 않을 때)
시제	미래	과거	현재
성격	차분하고 조용하다	사교적이고 애교가 많다	어른스럽고 책임감이 강하다
부모와의 관계	수평적, 독립적	친밀감, 의존적	수직적, 상하관계
친구와의 관계	혼자서도 잘 논다 (폐쇄형)	어울려 노는 것을 좋아한다(집단형)	친구들을 거느리며 논다 (리더형)
일할 때	논리적, 합리적 (내가 해야 하나)	내가 좋아하는 사람인가	자기의지
극복 방법	타인에게 자신을 말함	혼자 있는 시간 가지라	분노를 들여다본다
움직이는 순서	생각〉행동〉감정	감정〉생각〉행동	행동〉감정〉생각

〈출처: 이재천, IVF 리더십센터 〉

에니어그램 힘 중심 유형별 학습, 스트레스 특성

구분	머리형(이성형)	가슴형(감성형)	장형(행동형)
공부하는 이유	학생이라서 한다 (의무감)	인정받기 위해서	어른들이 하라고 해서
공부가 안 되는 이유	내가 안할 뿐이다 (내부적 조건)	환경이 안된다 (분위기에 좌우됨)	할 필요가 없어서 (동기 부족)
동기부여1	필요성 설명	동기유발을 위한 칭찬과 격려	분명한 목표 설정
동기부여2	간접경험을 통해 관심분야 찾기	좋아하는 친구나 선생님의 부추김	영향력 있는 멘토와의 교류
공부스타일	스스로 계획한다 꾸준한 실행 스타일	구체적인 비교 대상과의 선의의 경쟁	순간적인 집중력으로 매진
공부습관 만들어 주기	자신만의 시간대와 목표량으로 꾸준히	끊임없이 칭찬하고 곁에서 지켜본다	확실한 동기유발로 집중력을 갖게 한다
에너지 보충	충분한 수면	친구와의 교류	먹기, 여행하기
스트레스 원인	계획대로 되지 않음 (의심과 걱정)	사람과의 갈등 (서운함과 불만)	내 뜻대로 되지 않을 때 (자존심과 실패)
스트레스 증상	이성적 대응 교류회피, 단절	감정적 대응 의지, 하소연	행동적 대응 분노 표출
스트레스 해소법	휴식, 혼자 정리할 시간을 가짐	관심, 공감, 애정	격렬한 운동 및 신체적 활동
추천 운동	혼자 하는 운동 (스트레칭, 수영 등)	함께 즐기는 운동 (구기 종목)	승부를 가리는 운동 (마라톤, 테니스 등)

〈출처: 윤태익, 머리 가슴 장으로 해결하라, 나무생각〉

1. 에니어그램 힘 중심(머리형, 가슴형, 장형) 테스트하기

각 문항의 세 가지 중 하나를 고르시오.

① 음식에 대한 당신의 생각은? (　　)
   a. 먹는 것에 크게 비중을 두지 않는다. 음식을 마련하고 요리하는 것에 시간을 투자하는 것이 그리 즐겁지 않다.
   b. 자고로 음식이란 정성이다. 식사 중에는 하루 동안 있었던 이야기를 나누며 가족 간의 정을 확인하고 싶어 한다.
   c. 먹고사는 문제가 곧 생존이다. 한 끼를 먹어도 제대로 먹어야 하며 음식은 그날그날 해 먹어야 한다.

② 당신의 패션 감각은? (　　)
   a. 코디네이션이 절대적으로 중요하다고 생각지 않는다. 옷이나 구두를 살 때도 우선 실용성을 따지는 편이다.
   b. 패션에 관심이 많고 스타일과 코디가 중요하다고 생각한다. 쓰레기 버리러 갈 때도 옷에 신경을 쓴다.
   c. 레이스나 장식이 달린 옷, 복잡하고 신경이 쓰이는 옷은 좋아하지 않는다. 심플하고 이미지가 강해 보이는 의상을 선호하는 편이다.

③ 속상한 일이 있거나 스트레스가 쌓일 때 해소법은? (　　)
   a. 잠을 자거나 혼자만의 시간을 갖는다.
   b. 사람을 만난다. 만나서 수다로 풀고 위로를 받는다.
   c. 먹어야 한다. 맛난 음식을 실컷 먹고 나면 스트레스가 풀리고 힘이 나는 것 같다.

④ 물건을 환불해 주지 않을 때 당신의 대처 방법은? (　　)
   a. 높지 않은 톤으로 조목조목 따진다.
   b. 하소연을 한다. 감정에 호소한다.
   c. 사장님이나 책임자를 먼저 부른다.

⑤ 당신의 이상형은? (   )

　a. 말이 잘 통하는 사람. 예쁘고 멋있어도 머리에 든 게 없으면 곤란하다.

　b. 매너가 좋고 자상한 사람, 깜짝 이벤트로 놀라게 해주면 감동한다.

　c. 내 말을 잘 들어주는 사람. 나의 체면이나 입장을 알아서 배려해 주면 금상
　　첨화다.

⑥ 자신의 생일에 선물을 받는다면 어떤 것이 좋을까? (   )

　a. 나한테 직접 필요한 것을 물어봐줬으면 좋겠다.

　b. 가격과 상관없이 그 사람이 직접 만들거나 정성을 들인 것이면 무엇이든 좋
　　다.

　c. 상품권이나 현찰, 귀금속 같은 실속 있는 선물이 좋다.

⑦ 당신의 전화목소리 스타일은? (   )

　a. 냉정하고 차분하다.

　b. 다정하고 부드러운 마음이 섞여 있다

　c. 확실하고 힘찬 목소리다.

⑧ 여행이나 휴가 스타일은? (   )

　a. 어디로 갈까? 한 달 전부터 계획하고 꼼꼼하게 준비하는 편, 휴가는 쉬러 가
　　는 것이므로 번잡한 것은 싫다.

　b. 누구랑 갈까? 동행할 친구를 먼저 물색하고 가능하면 일정을 맞춘다. 축제,
　　이벤트가 있는 지역으로 가고 싶다.

　c. 뭘 먹을까? 그 지역의 맛 집이나 별미부터 챙긴다. 미리 계획하기보다는 그
　　때그때 상황에 맞추어 떠나는 편이다.

⑨ 싸울 때 가장 많이 쓰는 말은? (   )

　a. 그래서, 말하려는 핵심이 뭔데?

　b. 어떻게 나한테 그럴 수가 있어?

　c. 그러니까 잘했다는 거야, 지금?

⑩ 당신이 생각하는 가장 적절한 화해법은? (　, 　)

  a. "네 잘못은 이거, 내 잘못은 이거." 잘못한 사람이 확실하게 사과하고 넘어가
    야 한다.

  b. "자기는 내 맘도 모르고." 눈물로 호소하고 동정표를 얻어내서 상대방을 꼼짝
    못하게 만드는 게 이기는 거다.

  c. "우리 사이에 사과는 무슨 사과. 밥이나 먹으로 가자." 아무 일 없었다는 듯
    행동하면 다 풀리게 되어 있다.

⑪ 칭찬을 들었을 때 당신의 느낌은? (　　)

  a. "이건 뭐지. 더 잘하라는 건가?" 왠지 부담스럽다.

  b. "날 이만큼 인정해주는구나." 더 잘하고 싶어진다.

  c. '뭐야, 맨입으로?' 칭찬에는 보상도 따라야 힘이 난다.

〈출처: 윤태익, 머리 가슴 장으로 해결하라, 나무생각〉

a,b,c 중 가장 많이 선택한 것이 나의 힘 중심 유형이다.

a (　　　　　　)개,　b (　　　　　　)개,　c (　　　　　　)개

  a-머리형
  b-가슴형
  c-장형

나의 에니어그램 힘 중심 유형은? (　　　　)

2. 나의 강점을 찾아라

에니어그램 나의 유형 (   )

나의 에니어그램 힘 중심 강점 중에서 가장 마음에 드는 3가지는?

(,   ,   )

머리형 (강점)

- 이성적이고 객관적인 의사결정
- 공과 사를 구분하는 합리주의
- 쉽게 흔들리지 않는 침착함과 인내력
- 미래를 준비하는 유비무환 정신
- 기획력과 풍부한 아이디어

가슴형 (강점)

- 친절함과 상냥함
- 폭넓은 인간관계와 사교력
- 사람의 마음을 움직이는 동기부여 능력
- 독창성과 창조력
- 미적 감각과 센스
- 따뜻한 인간미

장형 (강점)

- 강철 같은 의지와 추진력
- 약자를 보호하는 정의감과 의리
- 뛰어난 직관력
- 솔선수범과 원칙 중심의 의사결정
- 지치지 않는 열정

〈출처: 윤태익, 나는 내 성격이 좋다, 더난출판사〉

TIP 〈에니어그램 그룹 활동〉

참여인원: 10~30명

준비물: 이 절지, 매직(검정, 빨강, 파랑)

소요시간: 대략 2시간가량

방법:

(1) 같은 유형끼리 모여서 조를 만든다.

   (한 그룹의 숫자가 많으면 두 개 그룹으로 나눈다)

(2) 활동 질문을 미리 1~2개 정도를 정해서 알려준다.

(3) 활동 질문에 대해 조별끼리 나누고 정리해서 이 절지에 적는다.

(4) 순서를 정하고 앞으로 나와서 조별로 발표한다.

(5) 한 명이 발표하고 한 명은 종이를 잡아준다.

(6) 그룹별로 각자가 활동을 하고 남는 것에 대해 나눈다.

〈에니어그램 힘 중심 그룹 활동 질문〉

▪ 급한 상황에 닥치면 어떻게 대처하나요?

▪ 불이 났을 때 어떻게 하나요?

TIP 〈강점 1분 스피치〉

강점 1분 스피치 3단계 방법 (A-B-A')

A 나의 강점 한 가지를 강조한다.

   (나의 성격유형특성에 나오는 강점 중에 한 가지를 정한다.)

B 나의 강점을 뒷받침할 에피소드(예화)를 한 개만 설명한다.

A' 나의 강점을 다시 강조해서 마무리한다.

   (강점으로 해보고 싶은 소망, 각오, 기대와 포부, 다짐 등)

자신의 강점을 말할 때 '성실한' 같은 표현을 자신 있게 하려면, 근거가 충분해야 한다. 평소에 예화가 될 활동을 꼼꼼히 기록해 두는 것이 필요하다.
(1분 스피치 분량 A4 반장가량)

스피치의 기본은 제일 먼저 자신의 이름을 소개하는 것이다.
저는 '꿈쟁이'(별명 또는 형용사로 나를 꾸미는 말) ○○○입니다.

〈예시〉

안녕하세요. 저는 '센스쟁이' ○○○입니다.
A 저의 강점은 친절하다는 것입니다.

B 할아버지 한 분이 지하철 9호선에서 3호선 환승역을 찾아달라고 저에게 부탁을 하셨습니다. 3호선 표지를 찾지 못해서 그 방향까지 같이 갔습니다. 할아버지께서 고맙다고 하셔서 보람을 느꼈습니다.

A' 앞으로도 친절한 저의 강점을 살려서 어르신들의 길을 잘 안내해드리고 싶습니다.

04 DISC 행동유형

사람들은 자신에게 편안하고 자연스러운 행동을 하게 된다. 이것을 행동 패턴 또는 행동 스타일이라고 한다. 이런 행동의 경향성에 대해서 윌리엄 마스턴 심리학 박사가 행동유형모델을 만들었다. 사람은 크게 4가지 형태로 행동을 하게 된다고 하는데, 이것을 DISC 행동유형이라고 한다.

DISC는 인간의 성격행동유형을 구성하는 핵심적인 4개 요소를 중심으로 인간의 행동을 설명한다.

D (주도형) - 지배, 우세(Dominance)
I (사교형) - 영향, 작용, 감화(Influence)
S (안정형) - 안정감(Steadiness)
C (신중형) - 꼼꼼함, 세심함(Conscientiousness)

주도형(D형)의 강점
다른 사람의 의견을 듣기보다는 자신의 생각대로 일을 해나가려는 성향이다. 때로는 그것이 도전적이고 단호하게 보이고 독재적이다. 상대방의 상태를 고려하지 않기 때문에 지나친 요구를 하는 성향이 주도형의 속성이다.

모험적, 권위적, 과업 지향적, 직관력, 결정 능력, 활동적, 통솔력, 영향력, 집중력, 낙관적, 생산적, 성공지향적, 추진력, 단호한, 열정적, 용감한, 주도적

사교형(I형)의 강점
사교형은 공부나 일보다는 대인관계에 더 큰 흥미를 가지고 있다. 특히 이들이 가지고 있는 설득력 있고 흥미로운 대화 기술은 많은 친구들이 이들을 따르게 하는 중요한 기술이다.

감동을 주는, 활동적인, 정열적인, 낙천적인, 설득력, 자발적인, 온화한, 사랑이 많은, 사교적인, 매력적인, 예술적인, 감성적인, 무대체질, 용서를 잘하는, 상대를 배려하는, 분위기 메이커, 칭찬하는

안정형(S형)의 강점

안정형은 만들어진 환경에 순응하여 꾸준하게 일을 해 나간다. 다툼과 갈등을 싫어하는 평화주의자적인 성향을 가지고 있다. 기꺼이 봉사하기를 자원하는 성격을 나타낸다.

온화한, 남의 말을 잘 들어주는, 협동적인, 외교적인, 안정적인, 친절한, 양심적인, 인내심이 강한, 실제적인, 진지한, 믿을만한, 효율적인, 유연한, 성실한, 사려 깊은, 차분한, 감정을 억제하는, 순수한, 예민한, 전문적인

신중형(C형)의 강점

원칙적이고 신중하며 자신이 납득할 수 있도록 설명해 주지 않으면 요지부동인 성향이다. 경험하지 않는 것을 쉽사리 믿지 않으며, 돌다리도 몇 번씩 두드린 후 건너는 성향을 나타낸다.

분석적인, 예술적인, 원칙적인, 세부적인, 충성스러운, 예민한, 완벽한, 자존감이 높은, 창의성이 강한, 이지적, 신중한, 과묵한, 도덕적인, 성실한, 논리적인, 질적 가치를 중시하는, 보수적인

〈출처: 홍광수, 관계, 아시아코치센터〉

DISC 유형별 특성

D(주도형) 목표지향적이다. 핵심 욕구-통제	I(사교형) 사람지향적이다. 핵심 욕구-인정
1. 자아가 강하다 2. 도전에 의해 동기부여된다 3. 통제권을 상실하거나 이용당하는 것을 두려워한다 4. 능률적임 5. 큰소리로 말함 6. What 질문을 주로 사용함 7. 결과에 초점을 둠 8. 세세한 것을 피하고 중요한 것에 초점 9. 빠른 속도 10. 변화와 도전을 좋아함 11. 자기중심적 12. 질문보다는 말하기를 좋아함 13. 무슨 일을 하느냐에 관심	1. 낙관적이다 2. 사회적 인정에 의해 동기부여된다 3. 사람들로부터 배척당하는 것을 두려워한다 4. 압력하에서 일을 체계적으로 못 할 수 있다 5. 친근하고 격려하는 대화 6. Who에 관한 질문을 주로 사용 7. 이야기를 좋아함 8. 다른 사람을 즐겁게 함 9. 너무 세세한 것을 싫어함 10. 이야기하기, 재미를 좋아함 11. 다른 사람의 말에 잘 반응함 12. 말이 많음 13. 개인적인 감정을 표현함
C(신중형) 과업지향적이다. 핵심 욕구-완벽	S(안정형) 팀지향적이다. 핵심 욕구-안정
1. 세부적인 상황에 주의를 기울이고 분석적이다 2. 개인적 감정을 드러내지 않음 3. 정확성과 양질을 요구하는 것에 의해 동기부여 4. 자신이 수행하는 직업에 대해 비판당하는 것을 두려워 함 5. 압력하에서 자기 자신과 다른 사람들에 대해 기대가 높고 비판적일 수 있다 6. 정확함　　7. 말이 적음 8. Why의 질문 9. 장, 단점을 제시함 10. 체계적인 설명에 초점을 둠 11. 기준에 대한 위반을 피함 12. 사실과 데이터를 강조함 13. 다른 사람에 대해 쉽게 반응하지 않음	1. 정해진 방식으로 일을 수행한다 2. 현재의 상태를 안정적으로 유지하는 것에 의해 동기부여 3. 안정성을 상실하고, 변화하는 것을 두려워함 4. 압력하에서 지나치게 남을 위해 자신을 양보 5. 친근하고 지지적임 6. How의 질문을 주로 사용함 7. 변화가 도입될 때 인내력을 보임 8. 증명된 사실을 강조함 9. 여유 있는 느린 속도 10. 협력적, 팀으로 일하기를 좋아함 11. 말하기보다는 질문함 12. 변화나 위험감수를 주저함 13. 일을 어떻게 하느냐에 관심

1. 나의 DISC 유형은 무엇인가?

①~④번 중 나와 가장 비슷한 번호 하나를 괄호 안에 적어 보세요.

1. (   )
   ① 절제하는   ② 강력한   ③ 꼼꼼한   ④ 표현력 있는

2. (   )
   ① 개척적인   ② 정확한   ③ 흥미진진한   ④ 만족스러운

3. (   )
   ① 기꺼이 하는   ② 활기 있는   ③ 대담한   ④ 정교한

4. (   )
   ① 논쟁을 좋아하는   ② 회의적인   ③ 주저하는   ④ 예측할 수 없는

5. (   )
   ① 공손한   ② 사교적인   ③ 참을성이 있는   ④ 무서움을 모르는

6. (   )
   ① 설득력 있는   ② 독립심이 강한   ③ 논리적인   ④ 온화한

7. (   )
   ① 신중한   ② 차분한   ③ 과단성 있는   ④ 파티를 좋아하는

8. (   )
   ① 인기 있는   ② 고집 있는   ③ 완벽주의자   ④ 인심 좋은

9. (   )
  ① 변화가 많은   ② 수줍음을 타는   ③ 느긋한   ④ 완고한

10. (   )
  ① 체계적인   ② 낙관적인   ③ 의지가 강한   ④ 친절한

11. (   )
  ① 엄격한   ② 겸손한   ③ 상냥한   ④ 말주변이 좋은

12. (   )
  ① 호의적인   ② 빈틈없는   ③ 놀기 좋아하는   ④ 의지가 강한

13. (   )
  ① 참신한   ② 모험적인   ③ 절제된   ④ 신중한

14. (   )
  ① 신중한   ② 성실한   ③ 공격적인   ④ 매력 있는

15. (   )
  ① 열정적인   ② 분석적인   ③ 동정심이 많은   ④ 단호한

16. (   )
  ① 지도력 있는   ② 충동적인   ③ 느린   ④ 비판적인

17. (   )
  ① 일관성 있는   ② 영향력 있는   ③ 생기 있는   ④ 느긋한

18. (   )
  ① 유력한   ② 친절한   ③ 독립적인   ④ 정돈된

19. (   )

① 이상주의적인　　　② 평판이 좋은　　　③ 쾌활한　　　④ 솔직한

20. (   )

① 참을성 없는　　　② 활기 있는　　　③ 대담한　　　④ 감성적인

21. (   )

① 경쟁심이 있는　　　② 자발적인　　　③ 충성스러운　　　④ 사려 깊은

22. (   )

① 희생적인　　　② 이해심 많은　　　③ 설득력 있는　　　④ 용기 있는

23. (   )

① 의존적인　　　② 변덕스러운　　　③ 절제력 있는　　　④ 밀어붙이는

24. (   )

① 포용력 있는　　　② 전통적인　　　③ 사람을 부추기는　　　④ 이끌어 가는

(뒷장에 있는 'DISC 결과지'에 내가 표시한 번호에 체크 하세요. DISC 개수를 아래에 적어주세요.)

최고 점수가 나의 유형입니다.

D	I	S	C	총점	나의 유형
개	개	개	개	24개	

DISC 결과지

	①	②	③	④
1	S	D	C	I
2	D	C	I	S
3	S	I	D	C
4	D	C	S	I
5	C	I	S	D
6	I	D	C	S
7	C	S	D	I
8	I	D	C	S
9	I	C	S	D
10	C	I	D	S
11	D	C	S	I
12	S	C	I	D
13	I	D	C	S
14	S	C	D	I
15	I	C	S	D
16	D	I	S	C
17	C	D	I	S
18	I	S	D	C
19	C	S	I	D
20	D	C	S	I
21	D	I	S	C
22	C	S	I	D
23	S	I	C	D
24	S	C	I	D

2. 나의 강점을 찾아라

나의 DISC유형 특성에서 가장 마음에 드는 강점 3가지는?

(,   ,   )

DISC 유형별 특성

주도형 (D형)	강력한, 개척적인, 대담한, 논쟁을 좋아하는, 무서움을 모르는, 독립심이 강한, 과단성 있는, 고집 있는, 완고한, 의지가 강한, 엄격한, 공격적인, 지도력 있는, 영향력 있는, 솔직한, 참을성 없는, 경쟁심이 있는, 밀어붙이는, 이끌어 가는, 모험적, 권위적, 과업 지향적, 직관력, 결정 능력, 활동적, 통솔력, 영향력, 집중력, 낙관적, 생산적, 성공지향적, 추진력, 단호한, 열정적, 용감한, 주도적
사교형 (I형)	표현력 있는, 흥미진진한, 활기 있는, 예측할 수 없는, 사교적인, 설득력 있는, 파티를 좋아하는, 인기 있는, 변화가 많은, 말주변이 좋은, 놀기 좋아하는, 참신한, 열정적인, 충동적인, 생기 있는, 유력한, 쾌활한, 감성적인, 변덕스러운, 사람을 부추기는, 감동을 주는, 활동적인, 정열적인, 낙천적인, 자발적인, 온화한, 사랑이 많은, 매력적인, 예술적인, 감성적인, 무대체질, 용서를 잘하는, 상대를 배려하는, 분위기 메이커, 칭찬하는
안정형 (S형)	절제하는, 만족스러운, 기꺼이 하는, 주저하는, 참을성이 있는, 인심 좋은, 느긋한, 친절한, 상냥한, 호의적인, 신중한, 참는, 동정심이 많은, 느린, 평판이 좋은, 미루는, 충성스러운, 이해심 많은, 의존적인, 포용력 있는, 온화한, 남의 말을 잘 들어주는, 협동적인, 외교적인, 안정적인, 양심적인, 인내심이 강한, 실제적인, 진지한, 믿을만한, 효율적인, 유연한, 성실한, 사려 깊은, 차분한, 감정을 억제하는, 순수한, 예민한, 전문적인
신중형 (C형)	꼼꼼한, 정확한, 정교한, 회의적인, 공손한, 논리적인, 신중한, 수줍음을 타는, 체계적인, 낙관적인, 겸손한, 빈틈없는, 절제된, 성실한, 분석적인, 비판적인, 일관성 있는, 정돈된, 이상주의적인, 진지한, 사려 깊은, 희생적인, 절제력 있는, 전통적인, 예술적인, 원칙적인, 세부적인, 충성스러운, 예민한, 완벽한, 자존감이 높은, 창의성이 강한, 이지적, 과묵한, 도덕적인, 질적 가치를 중시하는, 보수적인

TIP 〈DISC 그룹 활동〉

참여인원: 10~30명

준비물: 이 절지, 매직(검정, 빨강, 파랑)

소요시간: 대략 2시간가량

방법:

(1) 같은 유형끼리 모여서 조를 만든다.

　　(한 그룹의 숫자가 많으면 두 개 그룹으로 나눈다)

(2) 활동 질문을 미리 1~2개 정도를 정해서 알려준다.

(3) 활동 질문에 대해 조별끼리 나누고 정리해서 이 절지에 적는다.

(4) 순서를 정하고 앞으로 나와서 조별로 발표한다.

(5) 한 명이 발표하고 한 명은 종이를 잡아준다.

(6) 그룹별로 각자가 활동을 하고 남는 것에 대해 나눈다.

DISC 그룹 활동 A형

- 우리 팀의 상징물(캐릭터)
- 우리 팀의 장점과 단점
- 우리가 편한 사람 유형은?
- 우리가 불편한 사람유형은?
- 무인도에 가게 된다면?
- 100억이 생긴다면?

DISC 그룹 활동 B형-여행 계획 세우기

- 팀명:
- 여행지:
- 여행일정:
- 경비 및 준비물:
- 우리 팀의 장점과 단점:
- 같이 가고 싶은 사람:
- 같이 가면 안 되는 사람:

자신의 강점을 말할 때 '성실한' 같은 표현을 자신 있게 하려면, 근거가 충분해야
한다. 평소에 예화가 될 활동을 꼼꼼히 기록해 두는 것이 필요하다.
(1분 스피치 분량 A4 반장가량)

스피치의 기본은 제일 먼저 자신의 이름을 소개하는 것이다.
저는 '꿈쟁이'(별명 또는 형용사로 나를 꾸미는 말) ○○○입니다.

〈예시〉

안녕하세요. 저는 '센스쟁이' ○○○입니다.
A 저의 강점은 친절하다는 것입니다.

B 할아버지 한 분이 지하철 9호선에서 3호선 환승역을 찾아달라고 저에게 부탁
을 하셨습니다. 3호선 표지를 찾지 못해서 그 방향까지 같이 갔습니다. 할아버
지께서 고맙다고 하셔서 보람을 느꼈습니다.

A' 앞으로도 친절한 저의 강점을 살려서 어르신들의 길을 잘 안내해드리고 싶습
니다.

♧ 쉬어가는 코너

아래 내용을 서로 나누어 봅시다.

▪ 2장을 마무리하면서 나에게 남는 생각은 무엇인가?
  적고 나누어 봅시다.

  (   )

▪ 나에게 떠오르는 긍정적인 단어나 느낀 점은 무엇인가?
  적고 나누어 봅시다.

  (   )

▪ 내가 생활 속에서 실천하고 싶은 점은 무엇인가?
  하나만 적고 말해 보세요.

  (   )

3장 강점은 내 안에 있다

행복한 사람은 남을 행복하게 만들어줄 수 있다.
남을 복되게 해주면 자신의 행복도
한층 더한 것이다.

-크림

01 강점 잡는 3가지 태도: 긍정성, 주도성, 사회성

1. 긍정성

긍정성이란 '내가 좋다'는 시선으로 나를 바라보는 것이다. 내가 나를 볼 때 100% 만족할 수 없다고 나를 헌신짝 버리듯이 버릴 수는 없다. 좋다고 생각하고 나를 보면 좋게 여겨진다. 내가 좋다고 볼 때 강점도 찾아볼 수 있다. 나 자신에 대한 긍정적인 생각이 강점을 보게 한다.

한 지인이 미국에서 어렵게 유학 생활을 하고 있었다. 운동화를 사기 위해 자신의 아내와 쇼핑센터에 갔다. 다양한 디자인을 한 형형색색의 신발들이 즐비해 있었다. 결국 그의 아내가 고른 검정색 운동화를 할인하여 구입했다. 그런데 그는 운동화가 마음에 들지 않아 신지도 않았다. 그러자 그의 아내는 좋다고 생각하고 신발을 보라고 했다. 그래서 좋다고 생각하고 그 신발을 보았더니 정말 좋아졌다고 한다. 그때부터 검정색 운동화를 신고 다닌 것은 말할 것도 없다.

긍정과 기대가 있는 사람과 부정적인 사람의 차이를 아는가? 일상을 대하는 삶의 태도가 다르기에 느끼는 감정도 다르다. 긍정과 기대를 품은 사람은 매일 해야 하는 일을 즐겁게 하고 매일 만나야 하는 사람을 좀 더 즐거운 마음으로 만난다. 그래서 일과 인간관계에서 누리고 성취하는 결과가 다르다.

아인슈타인의 엔트로피 법칙에 따르면 사람을 가만히 두면 부정적인 쪽으로 간다. 사람의 자연스러운 모습이 부정적이라는 말이다. 대체로 걱정부터 나오고 부정적인 생각이 먼저 자리 잡는다. 현실이 막막해지고 미래가 어두워진다. 급기야 행동할 힘을 잃고 만다. 긍정적인 자극을 받지 않으면 누구나 십중팔구 이렇게 되기가 쉽다.

그러면 어떻게 해야 하는가? 긍정성의 우물에 물이 다 메말라서 길어 올릴 물이 없을 때 마중물을 붓는다. 이 마중물은 감사이다. 매일 감사한 것 2가지를 감사노트에 적어보라. '오늘 하루도 무사히 지켜주셔서 감사합니다'라고. 감사 일기를 적어보면 마음의 우물이 채워지는 것을 느낄 수 있다.

긍정적으로 생각하라. 긍정적인 자기-대화(Self-talk)를 해보라. 내가 나를 긍정적인 말로 설득하는 것이다. '할 수 있다'는 생각이 '할 수 없다'는 생각과는 다른 결과를 가져온다. 나의 생각과 태도가 어떠한지 돌아보아라. 그때 공부를 해야 했다고 후회만 할 것이 아니라 지금 매일 조금씩 천천히 영어 단어를 외워 나가라. 지레 포기부터 하지 말고 긍정적인 생각과 태도로 바꾸어라. 부유한 집안에서 태어난 것보다 더 중요한 것은 좋은 태도를 가지는 것이다.

2. 주도성

교육의 대표적인 핵심 역량 세 가지는 주도력, 인지력, 인성력이다. 역량이란 어떤 일을 해낼 수 있는 힘과 올바른 태도를 말한다.

주도력은 세 가지 역량 중에 첫 번째이다. 주도력을 통해 그 다음 두 가지 역량도 기를 수 있다. 주도력과 주도성은 같은 의미로 보아도 된다. 주도성은 내 인생의 주인이 내가 되도록 돕는 성질이다. 주도성은 인생의 주인공이 내가 되는 것이다. 주도성은 나의 인생을 내가 기획하고 설계해 나가는 것이다.

영어의 leadership(리더십)은 주도성과 가까운 개념이다. 리더십은 자기 삶을 먼저 주도하는 것이다. 주도성은 주도적 입장에 서는 성질이나 특성을 말한다. 주도성은 스스로 해야 할 일을 찾아서 하는 것이다. 스스로 결정하고 선택할 수 있는 능력도 주도성에서 나온다.

자신의 미래를 스스로 결정하지 못하는 학생들이 있다. 주도성이 결핍되었기 때문이다. 주도성을 기르기 위해서는 남들이 시키는 대로만 하지 말고 내가 해보고 싶은 것을 실천에 옮겨 봐야 한다. 주도성은 내가 어떤 일을 계획하고 실천하면서 생겨난다. 새로운 것을 경험하면서 도전하고 시도할 때 주도성은 커지게 된다. 사소한 목표를 하나 정해놓고 실천하면 주도력이 생긴다. 예를 들면 기타를 배우겠다는 목표를 세우고 기타를 매일 치는 연습을 해 나가는 것이다.

"교육부가 지식전달 교육에서 '핵심역량'으로 교육을 개편하였다. 미국을 포함한

선진국은 이미 핵심역량 교육을 실행하고 있다. 4차 산업세대에는 AI와 차별화할 수 있는 인간의 창의력이 요구된다. 핵심 역량 교육을 통해서 글로벌 인재를 양성해 나가기 위해서다.

교육부가 2015년 9월 발표한 2015개정교육과정에서는 2017년부터 미래사회가 요구하는 창의융합형 인재를 양성하기 위해 학생들에게 교과학습과 경험을 통해 6가지 핵심 역량을 함양시키고 평가하며, 2021년 신입생 선발부터 핵심 역량을 중심으로 하는 대학 입시제도를 운용하겠다고 발표했다."

(인터넷내일신문 뉴스, 김정권CEO, 2016. 08. 30)

사회학습이론으로 유명한 존 크롬볼츠 박사는 '계획된 우연 이론'을 주장하였다. 그는 성공한 사람들을 인터뷰하고 다음과 같은 이론을 내놓았다.

'대다수의 성공하는 사람들은 우연한 만남이나 사건을 수동적으로 기다리지 않는다. 보다 더 많이 경험할 수 있도록 적극적으로 의도한다. 그리하여 계획적으로 행동한다.'

주도성이 있을 때 수동적으로 기다리지 않고 적극적으로 행동한다. 우연한 사건이나 기회를 통해서 자신의 진로를 찾는다. 주도성은 새로운 기회와 정보에 열려 있는 자세다. 편견과 선입관을 내려놓고 마음의 문을 열어야 한다. 새로운 기회와 정보에 일단 접해보는 것이 도움이 된다. 나의 진로를 잡을 수 있는 기회는 우연히 찾아올 수 있다. 주도성이 있을 때 모험을 하고 새로운 길에 도전한다. 아무도 가보지 않은 길을 개척하고 열어간다.

3. 사회성

무인도에서 혼자 자급자족하면서 살아야 한다면 어떻게 될까? 생존 자체가 힘들 것이다. 물고기가 물을 벗어나서 살 수 없듯이 사람은 사회를 떠나서 살 수 없다. 사람은 사회를 통해서 꿈을 꾼다. 사회 속에서 무슨 일과 꿈이든지 혼자서 해 나가는 것이 아니기에 사회성은 누구에게나 꼭 필요한 것이다. 나 혼자는 꿈을 꾸는 데서 끝날 수가 있지만 세 명이 모이면 꿈을 이루게 된다.

인간은 사회생활을 하려고 하는 근본 성질. 인격, 혹은 성격의 특성을 가지고 있다. 사회성은 사회에 적응하는 개인의 소질이나 능력, 대인 관계의 원만성을 말한다. 사회성을 공동체성이라 부를 수 있다. 공동체는 일반적으로 공통의 생활공간에서 상호작용하며, 유대감을 공유하는 집단을 의미한다. 사회가 곧 공동체이다.

사람은 혼자 있어야 할 때와 함께해야 할 때가 있기 마련이다. 이 두 가지가 균형잡힐 때 건강하다. 함께해야 할 때 더불어 지내는 사람이 사회성이 있다고 볼 수 있다.

사람이라면 기본적으로 어울려 지내고 싶은 사회성이 있다. 함께할 때 행복감도 느낀다. 누구도 왕따가 되고 싶지 않다. 사회성을 기르기 위해서는 고립되지 말고 사람들 속으로 들어가야 한다.

그런데 사람들 속으로 들어가면 인간관계 스트레스가 많아서 힘들어 하는 경우가 있다. 인간관계를 잘 유지하기 위해서는 나의 감정과 생각을 솔직하게 잘 전달해야 한다. 나의 감정과 생각을 표현하고, 다른 사람의 감정과 생각을 이해할 때 소통이 된다.

소통이 안 되는 것은 일방통행이라는 느낌이 들 때이다. 나만이 들어주고 나만이 참아주기를 반복하면 마침내 관계가 깨진다. 반대도 마찬가지다. 나만 말하고 나의 의견대로만 해야 하면 관계가 깨지기 쉽다.

소통을 위해서 나의 감정과 생각을 잘 표현할 수 있는 아이 메시지(I Message) 대화 방법을 사용해보라. 아이 메시지(I Message)는 '나'를 주어로 '나는 이런 감정을 느낀다'고 표현하는 것이다.

상황: 친구가 약속 시간에 연락도 없이 40분 뒤에 나타났다.

A: "넌 어떻게 연락도 없이 40분씩이나 늦을 수 있니? 넌 그렇게 내가 만만하니?

정말 짜증나. 가려다가 참았어."

B: "<u>나는 네가 연락도 없이 늦게 온 것 때문에 지금 화가 나. 40분이나 기다렸어.</u>
<u>내가 무시당한 느낌이 들어. 다음에는 무슨 일인지 연락 해줄 수 있겠니?</u>"

A와 B의 대화 내용을 살펴보자. 자신의 감정을 나를 주어로 표현하는 B가 아이 메시지 대화방법이다. 서로의 감정을 해치지 않고 소통하기 위해서는 아이 메시지 대화가 필요하다.

사회 안에서 얻는 지혜를 통해 세상을 살아가는 통찰력을 얻을 수 있다. 인간관계 속에서 나와 남을 보고 배우고 성장한다. 내가 어떤 사람인지, 어떤 특성, 어떤 취향, 강점을 가졌는지 알게 되는 것이다. 공동체에서 강점을 발견한다.

타인은 나를 비추는 거울이 되고 나는 타인을 비춰주는 거울이 된다. 강점은 공동체 안에서 역할을 감당하고 그 의미를 실현할 수 있다. 모자이크 그림을 완성하는 것과 비슷하다. 다른 색깔과 모양이 모여서 완벽한 그림으로 완성되는 것이다.

02 나다움 찾기

나다움을 찾는 것은 자기정체감을 형성하는 것이다. 나는 누구인가? 나는 무슨 일을 하고 싶은가? 에 대한 나만의 답을 찾아 나가야 한다. 나는 누구인가? 라는 물음에 나의 강점 5가지를 알고 설명할 수 있어야 한다. 자기정체감은 자기 강점에 대한 이해가 필수적이다. 내가 가진 강점은 나만이 소유할 수 있는 것이다.

포켓몬고와 인형 뽑기방이 열풍을 일으키고 있다. 일명 '잡기'를 하면서 내면의 욕구를 발산하고 있다. 전문가들은 '잡기'로 해소하고 싶은 보상심리가 있다고 말한다. 현실이 주는 스트레스와 짐의 무게를 보상받고 싶은 심리이다.

보상에 대한 욕구는 내가 피해를 입었다는 심리에서 나온다. 경쟁하고 노력하지만 얻는 것이 없어서 지치고 상한 마음을 보상받고 싶어한다. 이런 것이 순간적인 욕구 분출은 될 것 같다. 하지만 이것이 본질적인 보상의 욕구를 해소하는 데엔 이를 수 없으니 무엇보다 나다움을 찾아야 한다. 행복이나 성공을 한 가지 색으로만 규정지을 때 나다움을 잃어버린다. 나의 고유한 빛깔은 이 지구상에 단 하나밖에 없다. 비교와 경쟁의 끝도 없이 내달리는 열차에서 내리는 방법은 나의 헬리콥터를 타는 것이다. 내가 누구인지를 발견하고 무엇을 하고 싶은지를 알면 행복하다. 내가 하고 싶은 일을 통해 인생의 목적이 생기기 때문이다. 잘해보고 싶고 잘 살고 싶은 마음이 솟아오른다. 이런 감정을 느껴보면 이것이 얼마나 큰 행복감인지 안다. 돈으로는 결코 살 수 없는 가치가 있다.

남이 뛰니까 무작정 뛴다면 경쟁과 비교의 블랙홀에 빠질 수밖에 없다. 경쟁과 비교는 나다움을 잃을 때 찾아온다. 그리고 즐거움과 행복과 만족을 빼앗는다. 일단 한 번 빠지면 멈추기가 힘들다. 나를 몰고 간다. 때문에 내가 경쟁하면서 붙들고 좇아가는 삶이 내가 원하는 삶인지를 돌아보아야 한다. 내가 진정으로 욕망하는 것이 무엇인지를 찾아야 한다.

얼마 전에 졸업식에 참석하지 않는 학생들의 이야기를 인터넷 기사에서 보았다. 중학생들이나 고등학생들이 목표로 했던 상급학교에 진학하지 못하거나, 대학생들이 취업을 못하면 졸업식을 안 간다는 기사였다.

졸업은 졸업으로서의 의미가 있다. 눈이 오나 바람이 부나 학교에 가서 공부를 하고 그 과정을 무사히 마쳤다는 것만으로도 인정받아야 한다. 마땅히 축복받고 축하해 주어야 한다. 당연히 누려야 할 졸업의 보람과 기쁨마저 빼앗긴 현실이 안타깝다.

행복은 원하는 대학에 들어가야 보장되는 것이 아니다. 그냥 소소한 일상에서 얻는 것이다. 꽃다발과 함께 찍은 졸업 사진의 추억을 내팽개치면 안 되겠다. 나는 너무나 소중한 존재이다. 지금 바로 이 순간 속의 즐거움을 누려야 한다.

나다움은 나 자신이 되는 것이다. 나다움은 나의 삶을 사는 것이다. 나는 마트에 가면 볼 수 있는 공장에서 대량으로 찍어서 만든 똑같은 포장지로 쌓아놓은 제품이 아니다. 나다움 찾기는 나답게 사는 것이다. 나다움을 찾는 것은 나를 이해하는 것이다. 감정, 생각, 꿈, 강점 등이 무엇인지를 알아야 한다. '나'라는 존재 자체의 특별함을 먼저 깨달아야 한다.

강점을 찾는 것은 자아를 찾는 일이다. 인생을 경험하고 나를 계속 만들어가야 한다. 나의 세계를 찾아야 한다. 물고기가 물을 만난 듯이 살 수 있는 곳 말이다. 강점 찾기를 통해 나다움을 회복할 수 있다. 진로에서 성공은 각 개인이 나다움을 찾고 그 길을 가는 것이다. 나다움을 찾을 때 회복과 자립이 일어난다.

03 덕목 강점 찾기

안하무인인 사람을 만난 적이 있다. 가장 기본적인 의사소통도 안되는 사람을 만나고 너무 놀랐다. 강의를 들으러 갔는데 강사가 질문을 왜 했냐고 따지고, 무례하게 대답하고, 말을 끊는 경우를 직접 겪었다. 자신의 명성이 그런 태도조차도 허용이 된다는 것인지 의아스러웠다. 사람을 상대하고 인성이 없다는 것을 알고 나면 가까이 가지 않는다. 불에 데 봤는데 다시 그 불 옆으로 갈 사람이 누가 있겠는가.

"고생하셨습니다."

용우가 짧지만 마음을 담은 말을 나에게 했다. 교회에서 15년 정도 고등부 교사로 봉사를 했는데, 나의 청춘과 젊음을 고스란히 여기서 보냈다. 쉬어야 할 때가 된 것 같아서 고등부 교사를 그만두게 되었다. 마지막 날 나의 제자 용우가 한 말이 잔잔한 감동을 주었다.

감동을 주는 사람이 되어야 한다. 사소해 보이지만 센스 있는 말과 행동은 타인의 마음을 위로한다. 인성이란 이런 것이다.

인성은 덕목에서 나온다. 학교에서 인성•진로 교육을 강화하고 있다. 인성교육은 자신의 덕목 강점을 이해하고 훈련시켜 발휘하는 것을 포함한다. 인성은 덕목이기도 한데, 엄청난 강점이 된다.

능력이 너무 탁월해서 한 분야의 최고가 되었다고 하자. 최고가 되기 위해 30만 시간 이상의 노고와 수고를 쏟았다고 치자. 그런데 이 사람이 기본적인 예의가 없다면 어떻게 될까? 능력과 성품은 같이 가야 한다.

인성의 기본은 타인에 대한 공감과 배려이다. 내가 먼저 공감하고 배려하면 나에게도 돌아온다. 실제로 남이 원하는 서비스를 해주면 분명히 나에게도 서비스가 오게 되어 있다.

리더십, 커뮤니케이션, 성공, 행복의 요소에 공통적으로 들어가는 것은 인간관계이다. 인간관계에선 무엇보다 인성이 필요하다. 덕목 강점에서 나온 인성이 중요한 이유는 인성은 곧 인간관계의 열쇠이기 때문이다. 성공을 하려면 다른 사람의 지원이 있어야 한다. 인성이 있는 사람 옆에는 사람들이 모인다. 이런 사람들은 사람으로서의 기본적인 예의와 질서를 지킨다. 우선 사람을 만나면 아는 체하고 인사를 한다. 인사를 하면 사람들이 자신이 관심을 받는다고 여기고 좋아한다.

사업을 하든 서비스업이나 강사를 하든 인간을 떠나서는 아무것도 할 수 없다. 덕목 강점은 인간관계를 원활하게 만드는 윤활유와 같다. 금수저, 흙 수저는 우리가 바꿀 수 없다. 인성을 통해 좋은 성품을 가꾸면 된다.

인성을 쉽게 풀어서 말하면 좋은 성품이라고 할 수 있다. 인생에서 소유해야 할 최고의 경쟁력은 좋은 성품이다. 인생은 돈과 소유의 문제가 아니라 마음의 문제다. 마음의 문제라는 말은 성품의 문제라는 말이다.

인생에서 가장 중요한 것은 물질을 더 많이 소유하는 것이 아니라 좋은 성품을 소유하는 것이다. 좋은 성품이란 타인을 공감하고 배려하는 것이다.

남편과 자식, 집과 차, 정원 딸린 마당, 이케아 주방도 있는데 남에 대한 배려가 없다면 모든 것을 소유했다고 말할 수 있을까. 타인에 대한 공감과 배려의 부재는 앞에서 가진 소유보다 더 중요하게 소유해야 할 것이다.

좋은 성품은 나와 남에게 세상이 살만하다는 소망의 불씨를 준다. 좋은 성품은 사람을 살리는 소통과 회복, 자립의 씨앗을 심는다. 그 씨앗이 자라서 열매를 맺고 많은 사람을 이롭게 할 것이다. 이런 결과는 좋은 성품을 가진 사람만이 누릴 수 있는 특별한 것이다. 인생의 방향은 좋은 성품을 기르는 쪽으로 가야 한다. 이 길은 나와 타인을 살리는 길이다.

자기관리 하기

인생은 어렵다. 주위의 청년들을 보아도 앞길이 구만리 같은 데 뾰족하게 먹고 살 대책이 없다. 꿈을 향해 달려가야 하는데 기본적인 생존을 보장받기 어려운 시대 속에 살고 있다. 이런 시대 속에서 가야 할 방향을 못 찾고 있는 청소년이나 청년들을 보면 답답하다.

방향을 못 잡는 청년들의 대략적인 공통점은 남이 인정하는 쪽으로 가서 성공하고 싶어 하는 경향이 있다. 여기서 성공은 돈 많이 벌고 소위 잘 나가는 것이다. 자신의 길을 찾고 당당히 가기엔 인생에 대한 자기 확신이 없다. 남의 시선과 기준을 더 의식한다.

그리고 돈을 버는 액수도 중요하고 타인이 인정할만한 자리도 중요하다. 그러면서 자신의 실력을 성장시키기 위한 노력은 잘 하지 않는다. 매일을 성실하게 살아내는 치열함은 회피하면서 뜬구름만 잡다 보면 오히려 자신이 원하는 것과 더 멀어진다.

게다가 인생의 방향을 상실한 청년들은 험한 노동은 기피한다. 자기 관리도 제대로 하지 않는다. 공부도 열심히 안한다. 집중해야 할 정확한 인생의 목표를 세우지 않기 때문이다. 게으름이나 귀차니즘이라는 습관에 빠져서 힘들고 어려운 시간을 잘 견뎌내지도 않는다. 자기를 훈련하지 않고 그냥 쉽게 하루하루를 넘긴다.

요즘 10대들은 1분짜리 콘텐츠가 올라오는 틱톡에 몰려 있다. 1분이라는 짧은 시간밖에 집중할 수 없을 만큼 가볍게 살고 있다. 그러면서 성공은 하고 싶단다. 성공을 해서 무엇보다 돈을 많이 벌고 싶단다. 성공이 땀과 눈물이 없이도 거머쥘 수 있다는 착각을 한다. 현실을 제대로 이해하지 못했기 때문이다.

청소년들은 현실과 이상의 괴리감 속에 살고 있다. 현실은 냉혹하고, 정글이며 밀림이다. 현실은 거리에서 전단지와 물티슈를 전달하는데도 차별하는 세상이다.

오늘 아침에 지하철역을 나왔는데 물티슈를 전달하는 아줌마가 서 있었다. 나의 앞에 지나간 사람에게는 물티슈를 주었다. 그런데 나에게는 안주었다. 그 이유를 정확하게 알 수는 없으나 기분은 별로 좋지 않았다. 차별받는 느낌이었다.

이런 차별이 난무하는 세상 속에서 사람들의 마음은 갈가리 찢기고 황폐해진다. 거칠어진다. 사람을 함부로 대한다. 세상이 살기가 힘들어지면서 마음이 황폐해지고 있다. 남에 대한 배려와 공감을 잃었다. 은근히 그런 것이 아니라 대놓고 안하무인이 된다. 비상식적이고 무례한 말과 행동과 태도로 사람들에게 상처를 서슴없이 준다.

세상이라는 척박한 현실 속에서 사람들에게 남은 것은 악이다. 자신이 너무 힘들다고 남에게 함부로 말하고 분풀이하듯이 못살게 군다. 자신보다 조금만 더 소유한 사람이나 편하게 사는 사람을 보면 시기와 질투로 그 사람을 할퀸다.

돈과 소유를 추구하는 사람들이 돈 앞에서 인간의 기본적인 예의를 버렸다. 선생님을 스승으로 바라보지 않고 자신이 낸 수강료를 월급으로 받아 가는 직장인으로 이해한다. 그래서 학생이 선생님에게 폭력을 행사하는 어처구니없는 악이 발생하고 있다.

사회 어느 곳이든지 만연되어 있는 강퍅한 정서가 비슷하다. 약자에게는 강하고 강한 자에게는 약한 약육강식의 사회다. 사람들의 마음이 곪을 대로 곪아서 악취가 나고 있다.

이런 세상에서 사회생활을 하면서 뼛속 깊이 깨닫는 것은 좋은 성품의 중요성이다. 좋은 성품을 가진 사람은 보석처럼 빛난다. 흙탕물 속에서 피어나는 꽃 같은 존재이다. 그 꽃을 보며 사람들은 세상에서 찢긴 마음의 위로를 얻는다.

아이러니한 것은 이래서 돈과 소유를 달성한 사람이 경쟁력이 아니라 타인에 대한 공감과 배려를 가진 사람이 경쟁력이 있다. 어떻게 그것이 경쟁력이 되냐고? 내가 필요로 하고 만나고 싶은 사람은 거만한 부자가 아니라 겸손하게 나의 말에 집중하고 경청하면서 반응해줄 사람이기 때문이다. 게다가 타인에 대한 공감과 배려가 있는 사람이 극소수라는 것도 경쟁력이라 할 이유가 된다.

그러므로 좋은 성품은 단연 최고의 경쟁력이고 역량이며 이 자체로 좋은 아이템이 될 수 있다. 아이템이 창조적이거나 기발하면 수익을 준다. 먹고 살 수 있는 기반을 마련해준다. 그래서 기업은 아이템 개발에 목숨을 건다.

아이템은 눈에 바로 보이는 수익이지만 좋은 성품은 시간이 걸리지만 끝까지 혜택을 준다. 좋은 성품으로 사람을 얻는다. 좋은 사람들이 오면 그 사람들이 어떠한 유익을 제공한다. 정보라든가 새로운 기회 등등. 그 유익은 돈이 주는 것을 넘어서는 레벨이다. 그것은 인생을 풍요롭게 하고 행복하게 만드는 것과 관련이 있다.

그래서 돈을 벌기에 혈안이 되기보다는 좋은 성품을 기르는데 목표를 두는 편이 더 지혜롭다. 이런 지혜를 소유하면 돈 때문에 사람을 잃는 어리석음을 범하지 않을 것이다. 게다가 사람과 돈 두 마리 토끼를 다 잡을 수도 있다.

사람들은 좋은 성품이 이만한 시너지를 발휘하는 것을 잘 모른다. 그러나 인생을 살면 살수록 그것이 맞는다는 생각이 든다. 좋은 성품을 기르기 위해 어떠한 대가를 치른다 하더라도 아깝지 않다. 좋은 성품은 대가를 치른 만큼 응답하고 반응할 것이다.

그러므로 타인에 대한 공감과 배려를 기를 수만 있다면 바닥도 쳐보고 인생의 어려움을 마다하지 않고 치열하게 살아볼 것을 권한다. 그저 편하고 쉽게 살려는 태도를 버려야 한다.

인생은 이렇게 살아도 될 만큼 호락호락하지도 않고 길지도 않다.

긍정심리학의 등장

긍정심리학은 1950~60년대에 등장했다. 프로이드를 대표하는 정신분석론 등의 심리학이 인간의 부정적인 측면에만 초점을 맞추는 것을 반성하면서 시작됐다. 인간의 긍정적인 측면에 주목해야 한다는 것이 주요한 주장이다. 관련된 주제는 낙관주의, 긍정적 감정, 영적 정신, 행복, 만족, 자기계발 및 복지가 포함된다.

긍정심리학의 대표적인 학자로는 Peterson과 Seligman이 있다. 셀리그만 교수는 자신에게 있는 덕성과 강점을 발휘하는 것이 진정한 행복이라고 강조한다. 고난을 이겨내고 인류의 발전에 이바지한 사람들은 자신의 강점에 집중하고 키워나갔다. 그래서 강점을 찾고 일상에서 꾸준히 개발하는 노력을 하라고 권면한다.

셀리그만은 자신의 대표강점을 파악해서 매일 활용해보라고 권유한다. 그러면 행복해진다는 것이다. 이를 위해 VIA(Values-in-Action)분류를 통해서 '덕목 강점 찾기'를 만들었다. 셀리그만은 인간은 누구나 2~5가지의 나름대로의 성격적 강점을 지니고 있는데 그것을 대표강점이라고 했다. 대표강점은 개인의 속성을 잘 반영할 뿐만 아니라 일상에서 흔히 사용되는 강점을 말한다.

마틴 셀리그만의 덕목 강점 찾기
6개의 핵심 덕목에 총 24개의 강점이 들어가 있다. 6개의 핵심 덕목은 지혜(wisdom), 인애(humanity), 용기(courage), 절제(temperance), 정의(justice), 초월(transcendence)이다.

지혜(wisdom)와 관련된 강점
더 나은 삶을 위해서 지식을 습득하고 활용 하는 것과 관련된 인지적 강점이다.
① 창의성(creativity): 어떤 일을 하면서 새롭고 생산적인 방식으로 생각하는 능력으로서 참신한 사고와 생산적인 행동방식을 포함한다.
② 호기심(curiosity): 일어나고 있는 모든 경험과 현상에 대해서 흥미를 느끼는 능력으로서 다양한 주제와 화제 에서 매혹되어 조사하고 발견하는 것을 포함한다.
③ 개방성(open-mindedness): 사물이나 현상을 다양한 측면에서 철저하게 생각

하고 검토하는 능력으로서 모든 증거를 동등하게 취급하고 새로운 증거에 따라 신념을 수정하는 태도를 포함한다.

④ 학구열(love of learning): 새로운 기술, 주제, 지식을 배우고 숙달하려는 동기와 능력이다.

⑤ 지혜(wisdom): 사물이나 현상을 전체적인 관점에서 생각하고 다른 사람에게 현명한 조언을 제공해 주는 능력이다.

인애(仁愛)와 관련된 강점

인애 또는 인간애(humanity)와 관련된 강점들은 다른 사람을 보살피고 친밀 해지는 것과 관련된 대인 관계적 강점이다.

① 사랑(love): 다른 사람과의 친밀한 관계를 소중 하게 여기고 실천하는 능력을 뜻함 즉, 다른 사람을 사랑할 수 있는 것이다.

② 이타성(altruism, kindness): 다른 사람을 위해서 호의를 보이고 선한 행동을 하려는 동기, 실천력으로서 다른 사람을 돕고 보살피는 행동을 포함한다.

③ 정서지능(emotional intelligence): 자신과 다른 사람의 동기와 감정을 잘 파악할 뿐만 아니라 다양한 사회적 상황에서 어떻게 행동하는 것이 적절한지를 잘 아는 능력을 의미한다.

용기(勇氣)와 관련된 강점들

용기(courage)와 관련된 강점들은 내면적, 외부적 난관에 직면 하더라도 추구하는 목표를 성취하려는 의지와 관련된 강점이다.

① 용감성(bravery): 위협, 도전, 난관, 고통으로부터 위축되지 않고 이를 극복하는 능력을 의미하며 저항이 있더라도 무엇이 옳은지 이야기하고 인기가 없을지라도 신념에 따라 행동하는 것을 포함한다.

② 진실성(authenticity): 진실을 말하고 자신을 진실한 방식으로 제시하는 능력으로 자신을 거짓 없이 드러내고 행동이나 감정을 수용하고 책임지는 것을 포함한다.

③ 끈기(persistence): 시작한 일을 마무리하여 완성하는 능력을 말하며 장애에도 불구하고 일련의 계획된 행동을 지속하거나 성취하는 과정에서 기쁨을 느낀다.

④ 활력(vitality): 활기와 에너지를 가지고 삶과 일을 접근 하는 태도를 의미하며,

생기와 생동감을 느끼며 삶을 모험적으로 사는 것을. 포함한다.

절제(節制)와 관련된 강점들

절제(temperance)와 관련된 강점들은 지나침으로부터 우리를 보호해 주는 긍정적 특질들로서 극단적인 독단에 빠지지 않는 중용적인 강점이다.

① 겸손(modesty): 자신이 이루어낸 성취에 대해서 불필요하게 과장된 허세를 부리지 않는 태도로서 자신의 성취나 업적을 떠벌리지 않고, 세인의 주목을 구하지 않으며, 스스로를 특별한 존재로 생각하지 않는 것이다.

② 신중성(prudence): 선택을 조심스럽게 함으로써 불필요 한 위협을 다루지 않으며 나중에 후회할 일을 말하거나 행하지 않는 능력이다.

③ 용서(forgiveness): 나쁜 일을 한 사람들을 용서하는 능력으로서 잘못을 행한 자를 용서하고, 사람들에게 다시 기회를 주며, 앙심을 품지 않는 것이다.

④ 자기조절(self-regulation): 자신의 다양한 감정, 욕구, 행동을 적절하게 잘 조절하는 능력이다.

정의(正義)와 관련된 강점들

정의(justice)와 관련된 강점들은 건강한 공동체 생활과 관련된 사회적 강점이다.

① 공정성(fairness): 편향된 개인적 감정의 개입 없이 모든 사람들을 동등하게 대하고 모두에게 공평한 기회를 주는 태도이다.

② 시민의식(citizenship): 자신이 속한 집단의 이익을 추구하고자 하는 책임의식으로서 사회, 조직 속에서 자신에게 주어진 임무와 역할을 인식하고 부응하려는 태도다.

③ 리더십(leadership): 집단 활동을 조직화하고 그러한 활동이 진행되는 것을 파악하여 관리하는 능력으로서 구성원을 고무시켜 좋은 관계를 창출해내고 사기를 진작시켜 각자의 일을 해내도록 지휘하는 것이다.

초월(超越)과 관련된 강점들

초월(transcendence)과 관련된 강점들은 현상과 행위에 대해 의미를 부여하고 커다란 세계인 우주와의 연결성을 추구하는 초월적 또는 영적 강점이다.

① 감사(gratitude): 좋은 일을 잘 알아차리고 그에 대해 감사하는 태도다.

② 낙관성(optimism): 최선을 예상하고 그것을 성취하기 위해 노력하는 태도다.

③ 심미안(appreciation of beauty and excellence): 다양한 삶의 영역에서 나타나는 아름다움, 수월성, 뛰어난 수행을 인식하고 평가하는 능력이다.

④ 유머감각(humor): 웃고 장난치는 일을 좋아하며 다른 사람에게 웃음을 선사하는 능력이다.

⑤ 영성(spirituality): 인생의 궁극적 목적과 의미에 대한 일관성 있는 신념을 가지고 살아가는 태도다.

(Peterson & Seligman, 2004)

덕목 강점 찾기

방법 : 각 문항에 대해 1~5번 중 해당되는 것 하나를 괄호에 적으세요.

24가지 강점 중 자신만이 가지고 있는 강점을 찾는 테스트입니다.

〈예시〉

a 문항과 b 문항을 읽고 아래 괄호에 해당하는 번호를 적는다. 그리고 2문항의 점수를 합산 하세요. a(5), b(4) 점수 2개를 더하기 한 점수 9를
[1] 호기심, 세상에 대한 관심 (9) 에 이렇게 적는다.

[1] 호기심, 세상에 대한 관심 (9)
a) 언제나 세상에 대한 호기심이 많다.
(5) 1: 나와 매우 다름   2: 나와 다름   3: 보통이다   4: 나와 비슷   5: 나와 매우 비슷
b) 쉽게 싫증을 낸다.
(4) 1: 나와 매우 비슷   2: 나와 비슷   3: 보통이다   4: 나와 다름   5: 나와 매우 다름

〈지혜와 지식〉
더 나은 삶을 위해서 지식을 습득하고 활용하는 것과 관련된 인지적 강점들

[1] 호기심, 세상에 대한 관심 (   )

a) 언제나 세상에 대한 호기심이 많다.

(   ) 1: 나와 매우 다름   2: 나와 다름   3: 보통이다   4: 나와 비슷   5: 나와
매우 비슷

b) 쉽게 싫증을 낸다.

(   ) 1: 나와 매우 비슷   2: 나와 비슷   3: 보통이다   4: 나와 다름   5: 나와
매우 다름

[2] 학구열 (   )

a) 새로운 것을 배울 때 전율을 느낀다.

(   ) 1: 나와 매우 다름   2: 나와 다름   3: 보통이다   4: 나와 비슷   5: 나와
매우 비슷

b) 박물관이나 다른 교육 장소에 한 번도 가본 적이 없다.

(   ) 1: 나와 매우 비슷   2: 나와 비슷   3: 보통이다   4: 나와 다름   5: 나와
매우 다름

[3] 판단력, 비판적 사고, 열린 마음 (   )

a) 판단력이 필요한 주제가 있을 때면 매우 이성적으로 사고한다.

(   ) 1: 나와 매우 다름   2: 나와 다름   3: 보통이다   4: 나와 비슷   5: 나와
매우 비슷

b) 성급하게 판단하는 경향이 있다.

(   ) 1: 나와 매우 비슷   2: 나와 비슷   3: 보통이다   4: 나와 다름   5: 나와
매우 다름

[4] 창의성, 독창성, 실천성 지능, 세상을 보는 안목 (   )

a) 어떤 일을 하는 데 필요한 새로운 방법을 찾는 걸 좋아한다.

(   ) 1: 나와 매우 다름   2: 나와 다름   3: 보통이다   4: 나와 비슷   5: 나와

매우 비슷

b) 내 친구들은 대부분 나보다 상상력이 뛰어나다.

(   ) 1: 나와 매우 비슷   2: 나와 비슷   3: 보통이다   4: 나와 다름   5: 나와 매우 다름

[5] 사회성 지능, 대인관계 지능, 정서 지능   (   )

a) 어떤 성격의 단체에 가도 잘 적응할 수 있다.

(   ) 1: 나와 매우 다름   2: 나와 다름   3: 보통이다   4: 나와 비슷   5: 나와 매우 비슷

b) 다른 사람의 감정에 아주 둔하다.

(   ) 1: 나와 매우 비슷   2: 나와 비슷   3: 보통이다   4: 나와 다름   5: 나와 매우 다름

[6] 예견력   (   )

a) 항상 꼼꼼히 생각하고 더 큰 것을 볼 줄 안다.

(   ) 1: 나와 매우 다름   2: 나와 다름   3: 보통이다   4: 나와 비슷   5: 나와 매우 비슷

b) 내게 조언을 구하로 오는 사람은 거의 없다.

(   ) 1: 나와 매우 비슷   2: 나와 비슷   3: 보통이다   4: 나와 다름   5: 나와 매우 다름

〈용기〉

내적, 외적 난관에 직면하더라도 추구하는 목표를 성취하고자 하는 의지를 실천하는 강점들

[7] 용맹함과 용감함   (   )

a) 강력한 반대도 무릅쓰고 내 주장을 고수할 때가 많다.

(   ) 1: 나와 매우 다름   2: 나와 다름   3: 보통이다   4: 나와 비슷   5: 나와 매우 비슷

b) 고통과 좌절 때문에 내 의지를 굽힐 때가 많다.

(　　) 1: 나와 매우 비슷　　2: 나와 비슷　3: 보통이다　4: 나와 다름　5: 나와 매우 다름

[8] 끈기, 성실, 근면 (　　　)

a) 한번 시작한 일은 끝까지 해낸다.

(　　) 1: 나와 매우 다름　　2: 나와 다름　3: 보통이다　4: 나와 비슷　5: 나와 매우 비슷

b) 일을 할 때면 딴전을 피운다.

(　　) 1: 나와 매우 비슷　　2: 나와 비슷　3: 보통이다　4: 나와 다름　5: 나와 매우 다름

[9] 진정성, 진실, 정직 (　　　)

a) 약속을 반드시 지킨다.

(　　) 1: 나와 매우 다름　　2: 나와 다름　3: 보통이다　4: 나와 비슷　5: 나와 매우 비슷

b) 친구들은 내게 솔직하게 말하는 법이 없다.

(　　) 1: 나와 매우 비슷　　2: 나와 비슷　3: 보통이다　4: 나와 다름　5: 나와 매우 다름

〈사랑과 인간애〉

다른 사람을 보살피고 친밀해지는 것과 관련된 대인 관계적 강점들

[10] 친절과 아량 (　　　)

a) 자발적으로 이웃을 도와준다.

(　　) 1: 나와 매우 다름　　2: 나와 다름　3: 보통이다　4: 나와 비슷　5: 나와 매우 비슷

b) 다른 사람들의 행운을 내 일처럼 좋아한 적이 거의 없다.

(　　) 1: 나와 매우 비슷　　2: 나와 비슷　3: 보통이다　4: 나와 다름　5: 나와 매우 다름

[11] 사랑할 능력과 사랑받을 줄 아는 능력 (   )

a) 본인의 기분과 행복 못지않게 내 기분과 행복에 관심을 기울이는 사람이 있다.

(   ) 1: 나와 매우 다름   2: 나와 다름   3: 보통이다   4: 나와 비슷   5: 나와
매우 비슷

b) 다른 사람들이 베푸는 사랑을 제대로 받아들이지 못한다.

(   ) 1: 나와 매우 비슷   2: 나와 비슷   3: 보통이다   4: 나와 다름   5: 나와
매우 다름

〈정의감〉 건강한 공동체 생활과 관련된 사회적 강점들

[12] 시민 의식, 의무감, 협동 정신, 충성심 (   )

a) 어떤 단체에 가입하면 최선을 다한다.

(   ) 1: 나와 매우 다름   2: 나와 다름   3: 보통이다   4: 나와 비슷   5: 나와
매우 비슷

b) 소속 집단의 이익을 위해 내 개인적인 이익을 희생시킬 생각은 없다.

(   ) 1: 나와 매우 비슷   2: 나와 비슷   3: 보통이다   4: 나와 다름   5: 나와
매우 다름

[13] 공정성과 평등 정신 (   )

a) 어떤 사람에게든 똑같이 대한다.

(   ) 1: 나와 매우 다름   2: 나와 다름   3: 보통이다   4: 나와 비슷   5: 나와
매우 비슷

b) 내가 싫어하는 사람을 공정하게 대하기가 힘들다.

(   ) 1: 나와 매우 비슷   2: 나와 비슷   3: 보통이다   4: 나와 다름   5: 나와
매우 다름

[14] 지도력 (   )

a) 일일이 참견하지 않고도 사람들이 단합해 일하도록 이끌어준다.

(   ) 1: 나와 매우 다름   2: 나와 다름   3: 보통이다   4: 나와 비슷   5: 나와

매우 비슷

b) 단체 활동을 조직하는 데는 소질이 없다.

( ) 1: 나와 매우 비슷   2: 나와 비슷   3: 보통이다   4: 나와 다름   5: 나와
매우 다름

**〈절제력〉 지나침으로부터 보호해주고, 독단에 빠지지 않게 하는 중용적 강
점들**

[15] 자기통제력 (   )

a) 내 정서를 다스릴 줄 안다.

( ) 1: 나와 매우 다름   2: 나와 다름   3: 보통이다   4: 나와 비슷   5: 나와
매우 비슷

b) 다이어트나 운동을 오래 하지 못한다.

( ) 1: 나와 매우 비슷   2: 나와 비슷   3: 보통이다   4: 나와 다름   5: 나와
매우 다름

[16] 신중성, 사려, 조심성 (   )

a) 다칠 위험이 있는 일은 하지 않는다.

( ) 1: 나와 매우 다름   2: 나와 다름   3: 보통이다   4: 나와 비슷   5: 나와
매우 비슷

b) 나쁜 친구를 사귀거나 나쁜 사람들을 만나는 경우가 있다.

( ) 1: 나와 매우 비슷   2: 나와 비슷   3: 보통이다   4: 나와 다름   5: 나와
매우 다름

[17] 겸손과 겸양 (   )

a) 다른 사람들이 나를 칭찬할 때면 슬그머니 화제를 돌린다.

( ) 1: 나와 매우 다름   2: 나와 다름   3: 보통이다   4: 나와 비슷   5: 나와
매우 비슷

b) 스스로 한 일을 치켜세우는 편이다.

( ) 1: 나와 매우 비슷   2: 나와 비슷   3: 보통이다   4: 나와 다름   5: 나와

매우 다름

〈영성과 초월성〉 현상과 행위에 대해 의미를 부여하고 우주와 연결성을 추구하는 초월적, 영성 강점들

[18] 감상력 (   )

a) 음악, 미술, 연극, 영화, 스포츠, 과학, 수학의 아름다움과 경이로움을 보고 전율한 적 있다.

(   ) 1: 나와 매우 다름   2: 나와 다름   3: 보통이다   4: 나와 비슷   5: 나와
           매우 비슷

b) 평소에 아름다움과는 전혀 무관하게 지낸다.

(   ) 1: 나와 매우 비슷   2: 나와 비슷   3: 보통이다   4: 나와 다름   5: 나와
           매우 다름

[19] 감사 (   )

a) 아무리 하찮은 일이라도 항상 고맙다고 말한다.

(   ) 1: 나와 매우 다름   2: 나와 다름   3: 보통이다   4: 나와 비슷   5: 나와
           매우 비슷

b) 내가 받은 은혜에 대해 거의 생각하지 않는다.

(   ) 1: 나와 매우 비슷   2: 나와 비슷   3: 보통이다   4: 나와 다름   5: 나와
매우 다름

[20] 낙관성, 희망, 미래지향성 (   )

a) 항상 긍정적인 면만 본다.

(   ) 1: 나와 매우 다름   2: 나와 다름   3: 보통이다   4: 나와 비슷   5: 나와
           매우 비슷

b) 내가 하고 싶은 일을 하기 위해 철저하게 계획한 적이 거의 없다.

(   ) 1: 나와 매우 비슷   2: 나와 비슷   3: 보통이다   4: 나와 다름   5: 나와
           매우 다름

[21] 영성, 목적의식, 신념, 신앙심 (   )

a) 삶의 목적이 뚜렷하다.

(   ) 1: 나와 매우 다름   2: 나와 다름   3: 보통이다   4: 나와 비슷   5: 나와
            매우 비슷

b) 사명감이 없다.

(   ) 1: 나와 매우 비슷   2: 나와 비슷   3: 보통이다   4: 나와 다름   5: 나와
            매우 다름

[22] 용서와 자비 (   )

a) 과거의 것을 문제 삼지 않는다.

(   ) 1: 나와 매우 다름   2: 나와 다름   3: 보통이다   4: 나와 비슷   5: 나와
            매우 비슷

b) 기어코 복수하려고 애쓴다.

(   ) 1: 나와 매우 비슷   2: 나와 비슷   3: 보통이다   4: 나와 다름   5: 나와
            매우 다름

[23] 유쾌함과 유머 감각 (   )

a) 되도록 일과 놀이를 잘 배합한다.

(   ) 1: 나와 매우 다름   2: 나와 다름   3: 보통이다   4: 나와 비슷   5: 나와
            매우 비슷

b) 우스갯소리를 거의 할 줄 모른다.

(   ) 1: 나와 매우 비슷   2: 나와 비슷   3: 보통이다   4: 나와 다름   5: 나와
            매우 다름

[24] 열정, 신명, 열광 (   )

a) 무슨 일을 하든 전력투구한다.

(   ) 1: 나와 매우 다름   2: 나와 다름   3: 보통이다   4: 나와 비슷   5: 나와
            매우 비슷

b) 의기소침할 때가 많다.

(   ) 1: 나와 매우 비슷   2: 나와 비슷   3: 보통이다   4: 나와 다름   5: 나와

매우 다름

〈출처: 마틴 셀리그만 "Flourish"의 부록 약식 강점 찾기 테스트〉

수고하셨습니다! 나의 강점은 점수가 9~10점인 것입니다.

〈 나의 강점은? 점수를 적고 9~10점인 것을 맨 아래 칸에 적어 봅시다〉

지혜와 지식	1. 호기심	( )	
	2. 학구열	( )	
	3. 판단력	( )	
	4. 창의성	( )	
	5. 사회성 지능	( )	
	6. 예견력(통찰력)	( )	
용기	7. 용감성	( )	
	8. 끈기	( )	
	9. 정직	( )	
사랑과 인간애	10. 친절	( )	
	11. 사랑	( )	
정의감	12. 팀워크 (시민정신)	( )	
	13. 공정성	( )	
	14. 리더십	( )	
절제력	15. 자기통제력	( )	
	16. 신중함	( )	
	17. 겸손	( )	
영성과 초월성	18. 감상력	( )	
	19. 감사	( )	
	20. 희망(낙관성)	( )	
	21. 영성	( )	
	22. 용서	( )	
	23. 유머감각	( )	
	24. 열정	( )	
나의 강점은?			

TIP 〈강점 1분 스피치〉

강점 1분 스피치 3단계 방법 (A-B-A')

A 나의 강점 한 가지를 강조한다.

　(나의 성격유형특성에 나오는 강점 중에 한 가지를 정한다.)

B 나의 강점을 뒷받침할 에피소드(예화)를 한 개만 설명한다.

A' 나의 강점을 다시 강조해서 마무리한다.

　(강점으로 해보고 싶은 소망, 각오, 기대와 포부, 다짐 등)

자신의 강점을 말할 때 '성실한' 같은 표현을 자신 있게 하려면, 근거가 충분해야 한다. 평소에 예화가 될 활동을 꼼꼼히 기록해 두는 것이 필요하다.
(1분 스피치 분량 A4 반장가량)

스피치의 기본은 제일 먼저 자신의 이름을 소개하는 것이다.
저는 '꿈쟁이'(별명 또는 자신을 멋있게 표현하고 싶은 말) ○○○입니다.
〈예시〉
안녕하세요. 저는 '센스쟁이' ○○○입니다.
A 저의 강점은 친절하다는 것입니다.

B 할아버지 한 분이 지하철 9호선에서 3호선 환승역을 찾아달라고 저에게 부탁을 하셨습니다. 3호선 표지를 차지 못해서 그 방향까지 같이 갔습니다. 할아버지께서 고맙다고 하셔서 보람을 느꼈습니다.

A' 앞으로도 친절한 저의 강점을 살려서 어르신들의 길을 잘 안내해드리고 싶습니다.

04 흥미

나를 알고 이해한다는 것은 흥미, 강점, 가치관을 이해하는 것이다. 흥미는 내가 관심이 있는 일이다. 흥미는 재미를 느끼는 것이다. 그러나 재미와 관심만 있다고 되는 것은 아니다. 강점을 고려해야 한다. 강점이 있는 흥미라야 한다. 흥미와 관심이 있는 곳에 강점이 있다. 강점이 있는 일은 잘 할 수 있는 일이다. 그리고 나의 가치관을 고려해서 꼭 해야만 하는 일을 찾아야 한다.

나의 강점은 무엇인가?
어떤 일을 했을 때, 잘 했다는 느낌이 든다.
이유는 모르지만 자꾸 끌리는 활동이다.
오래 집중해도 계속 흥미가 느껴지고, 성장한다는 느낌을 주는 일이다.
그것을 하면 뿌듯하고 충만한 느낌을 주는 일을 찾아보라.

직업흥미검사

직업흥미검사는 홀랜드(Holland) 직업 흥미검사, 스트롱(Strong) 직업 흥미검사가 대표적이다. 스트롱 직업 흥미검사와 홀랜드 직업 흥미검사는 6가지 직업흥미유형을 바탕으로 한 것이다. 직업 활동은 그 직업에 종사하는 사람들의 흥미가 반영된다는 가정하에 만들어졌다. 홀랜드 6가지 흥미유형은 현실형, 탐구형, 예술형, 사회형, 진취형, 관습형이다.

현실적 유형
- 도구나 기계를 사용하는 것을 즐긴다.
- 기술 분야와 같은 영역에서 유능감을 개발하려는 경향이 있다.
- 사물을 가지고 일하는 능력이 사람들과 상호작용하는 능력보다 더 중요하다.

탐구적 유형
- 새로운 아이디어, 창의적 문제해결활동, 복잡하고 추상적인 사고를 중시한다.
- 과학에 대한 독서나 과학적 이슈에 대해 논의하는 것을 즐긴다.

- 사람들을 관리하거나 개인적인 문제를 직접적으로 다루는 것을 좋아하지 않는다.

예술적 유형
- 자유롭고 개방적이며 창의성과 개인적 표현을 북돋아주는 환경을 선호한다.
- 심미적 특성을 중요시하고 독창적이며 자유롭다.
- 틀에 얽매이는 관습적 활동을 회피한다.

사회적 유형
- 서로 도와주고 가르치며 사회적으로 책임감 있는 사람이 되고자 한다.
- 다른 사람과 함께 생활하고 일하는 것을 즐긴다.
- 사람들을 이해하고 돕는 것을 좋아하며 개인적인 봉사를 하는데 흥미가 있다.

기업적 유형
- 다른 사람을 관리하고 설득해서 조직 또는 개인의 목표를 달성하게 한다.
- 자신감 있고 주장이 강하며 인기가 있다.
- 사람들과 일하기를 좋아하지만, 도움을 주기보다는 설득하고 경영하는 것을 더 좋아한다.

관습적 유형
- 구조화된 환경을 선호하고 정해진 계획에 따라 질서정연하고 체계적으로 일하는 것을 좋아한다.
- 성실하고 사무와 계산능력이 뛰어나다.

이 6가지 유형 중에 나와 가장 가까운 쪽은 어디인가?
홀랜드 6가지 직업흥미유형의 틀에 갇힐 필요는 없다. 실제 삶속에서 이 틀을 벗어난 사례가 더 많다. 참고로 알아두면 좋을 것 같다. 직업흥미를 6가지로 구분하고 분류하는 것은 한계가 있다. 흥미는 직업의 개수만큼이나 다양하다. 흥미는 관심이 있는 일에서 찾을 수 있다. 흥미를 통해서 일이 만들어진다. 새로운 직업이 계속 개발되고 있다.

2. 나의 흥미를 찾아라

① 우선은 나의 흥미와 관심을 끄는 모든 것에 체크 표시하라.
② 체크한 것 중에서 잘 할 수 있는 것을 골라보라.
③ 잘 할 수 있는 것 중에서 의미와 가치가 있는 것을 선택하라.
④ 그리고 꼭 '성취하고 싶은 일'만 남겨라.

※ 내가 관심 있는 일을 찾아 동그라미를 치세요.

동화 꾸미기와 동시 짓기, 수학 응용문제 풀기, 자연에 대해 관찰하기, 깔끔하게 정리정돈하기, 계산을 빠르고 정확하게 하기, 동물 보살피기, 정해진 규칙이나 약속 지키기, 아름답게 꾸미기, 식물 재배하기, 활동적인 놀이나 운동하기, 창의적으로 만들기, 홍보 활동하기, 어려운 사람에게 봉사활동 하기, 장애 아이들 보살펴 주기, 단체 만들기, 불쌍한 사람 도와주기, 부품을 조립하여 만들기, 사회의 여러 가지 현상 알아보기, 물건이나 돈 관리하기, 토론이나 연설하기, 다른 사람 지도하기, 친구의 고민 듣고 치료하기, 아이들이 좋아하는 만화 그리기, 사진 찍기, 감정을 살려 노래 부르기, 과학이나 역사에 관한 책읽기, 그림 그리기, 바느질, 뜨개질, 종이접기 하기, 주의 깊게 관찰하고 몰두하기, 기계 조작하기, 무언가에 집중하고 몰두하기, 재치 있게 남을 웃기기, 새로운 기계 발명하기, 다른 사람을 말로 잘 설득하기, 사회자가 되어 회의 진행하기, 서비스하기, 많은 사람 앞에서 의견 말하기, 말이나 글을 논리적으로 표현하기, 요리하기, 무엇이든 분석하고 원인 따져보기, 힘든 일을 하더라도 잘 견디기, 망치나 드라이버 등 공구 다루기, 약속한 것을 잊어버리지 않고 잘 챙기기, 친구들과 함께 재미난 이야기 나누기, 모르는 사람과도 쉽게 이야기 나누기, 적극적으로 나서서 경쟁적으로 일하기, 어려운 사람의 마음 이해하기, 우주와 별에 대해 관찰하기, 음악 연주하기, 글쓰기, 청중 앞에서 말하기

〈출처: 커리어넷〉

※ 내가 관심 있는 일을 찾아 동그라미를 치세요.

요리, 만들기, 미술과 공예, 음악 감상, 운동, 도보 여행, 캠핑, 정원 가꾸기, 신문 읽기, 숫자에 대한 관심, 예술, 디자인, 종교, 학업을 계속하거나 학위를 따려는 욕구, 문제 해결, 브레인스토밍, 발명, 창의적 글쓰기, 소설 읽기, 다른 문화를 알기 위한 여행, 광범위한 기획 및 사고, 타인의 권리, 협상과 타협, 전략 게임, 논쟁, 소비자 인식, 정치 문제, 일관성을 갖기 위해 노력하는 것, 자원 봉사 활동, 지도, 과거의 인간관계를 복원하는 일, 친목 모임을 주선하거나 이에 참석하는 일, 심리 치료, 솔직하고 의미 있는 대화, 글쓰기, 일기쓰기, 감사의 표현, 타인을 칭찬하기

〈출처: 폴D.티거 외, 백영미, 나에게 꼭 맞는 직업을 찾는 책, 민음인〉

※ 내가 관심 있는 일을 찾아 동그라미를 치세요.

글쓰기, 말하기, 대중 연설, 설득, 판매, 협상, 조직에 대한 작업, 협업, 감독, 교육, 지도, 상담, 프로젝트 및 과제들의 조정 작업, 관리, 사람들을 쉽게 사귄다. 숫자에 능하다. 정보 수집, 데이터 분석, 수량 문제의 해결, 컴퓨터를 다루는 기능, 집중력, 조사, 손재주, 도구 및 기계 작업에 대한 이해, 체력, 마감 시한 지키기, 정확성, 미적 감각, 사물에 대한 상상력, 개념에 대한 상상력, 규율 및 기강 세우기, 의사결정, 가능성의 통찰, 중재 역할, 갈등 해소, 고유 모델 개발, 정확한 관찰, 잘 논다, 절차 및 규칙 정하기, 위기관리, 정보 통합, 문제 분석, 전략 세우기, 시스템 유지, 비평, 우선순위 분석, 새로운 기능 배우기, 복잡한 개념의 이해, 이론을 다루는 능력, 변화하는 상황에 대한 적응력, 유연한 태도

〈출처: 폴D.티거 외, 백영미, 나에게 꼭 맞는 직업을 찾는 책, 민음인〉

5가지 나의 흥미 정리하기(직업과 관련하여 어떤 흥미가 있는지 알아보기)

관심이 있는 직업 5가지를 적어 보세요.(관심 직업이 없을 경우는 일을 적기)

1.
2.
3.
4.
5.

내가 고른 흥미 중에서 그 직업과 관련된 것을 연결해서 적어 보세요.

1.
2.
3.
4.
5.

05 가치관

전 세계적으로 '반 엘리트주의'가 확산되고 있다. 반 엘리트주의가 등장한 이유가 무엇일까? 명문대를 가고 많은 비용을 들여서 엘리트가 되었다. 그래서 사회의 높은 자리를 차지하게 되었다. 그런데 엘리트들이 진정한 가치관을 상실한 채 자신만의 이익만을 좇아가면서 국민들이 고통을 겪고 있다. 우리나라도 예외가 아니다. 나라의 경제가 어떻게 돌아가든지 상관하지 않고 자신과 가족의 이득만을 챙기느라고 법을 어기는 정치가와 기업가들이 많다. 소수의 엘리트로 인해서 다수의 국민들이 마땅히 누려야 할 권리를 빼앗기고 있다.

개인의 가치관은 사회에 영향을 미친다. 사회적 가치의 중요성이 여기에 있다. 사회적 가치를 직업에 담을 때 직업윤리도 갖출 수 있다.

가치관은 사람들로 하여금 일정한 방식으로 행동하게 하는 신념이나 믿음이다. 나의 핵심 가치는 무엇인가? 나의 핵심가치가 무엇인지 먼저 알아야 한다. 내가 하고 싶은 일은 본질적으로 어떤 일인가? 이 일은 어떤 가치를 제공하는가에 대해 말할 수 있어야 한다.

가치관에는 직업윤리가 포함된다. 직업인으로서 마땅히 가져야 할 윤리다. 직업윤리가 없을 때 대형 사고가 많이 발생한다. 거의 매일 터지고 있는 안전사고의 원인을 보라. 얼마 전에 동탄 매타 폴리스 화재가 인재였다. 컨트롤타워가 없고 안전 점검과 관리가 제대로 안된 것이다. 책임감도 없이 남에게 떠미는 형태가 만연해 있어서 안전사고가 많이 발생한다. 사고가 발생할 때 마다 따라붙는 것이 인재라는 것이다. 이것은 우연이 아니다. 직업윤리가 없기 때문이다. 한 사람의 책임감 없는 행동이 타인의 생명을 빼앗고 있다.

우리나라 청소년들의 직업윤리 가치관은 어떠할까. 한 조사에 의하면 청소년들은 다른 것보다 돈이 있으면 행복할 수 있다고 믿는 비율이 절반이 넘는다고 한다. 돈을 핵심가치로 둘 수 있지만 돈으로 내가 무엇을 할지에 대해서 정리가 되어야 한다. 그렇지 않으면 돈의 노예가 될 수 있다.

강점 찾기를 통해 진정으로 자신이 좋아하는 분야나 일을 찾게 되면 어떤 일이 일어날까? 그 일의 분야에 대해 탐구하게 되고, 그것이 주는 가치를 나의 것으로 만든다. 이러한 가치들을 추구하면서 시대의 사명을 감당하는 인재가 될 수 있다. 일이 보람을 주는 것은 그 일이 내가 지향하는 가치와 맞아떨어지기 때문이다. 개인과 사회에 이익이 되는 것이다. 나의 핵심 가치는 수시로 변하지 않는다. 일은 다른 형태로 바뀔 수 있으나, 그 일을 통해 추구하는 가치는 일관성이 있다.

핵심 가치관을 1,2,3 순위로 3개만 표시하세요.

성취		자신이 목표를 세우고 이를 달성함
봉사		남을 위해 일함
명예		세상에서 훌륭하다고 인정되는 이름이나 자랑
안정		얼마나 오랫동안 안정적으로 종사할 수 있는가 중시
변화지향		업무가 고정되어 있지 않고 변화 가능함
몸과 마음의 여유		마음과 신체적인 여유를 가질 수 있는 업무나 직업을 중시
영향력 발휘		타인에 대해 영향력을 발휘하는 것을 중시
지식추구		새로운 지식을 얻는 것을 중시
애국		국가를 위해 도움이 되는 것을 중시
자율성		자율적으로 업무를 해 나가는 것을 중시
보수		금전적 보상을 중시
인정		타인으로부터 인정받는 것을 중시
창의성		스스로 아이디어를 내어 새로운 일을 해볼 수 있는 것
권력		남을 복종시키거나 지배할 수 있는 공인된 권리와 힘
개척		새로운 영역, 운명, 진로 따위를 처음으로 열어 나감
능력발휘		직업을 통해 자신의 능력을 발휘
자기계발		직업을 통해 더 배우고 발전할 기회가 있는 것
화합		화목하게 어울리는 것
소명의식		천직이라고 여기는 것
정의		진리에 맞는 올바른 도리를 말한다
가족		부부를 중심으로 한, 친족 관계에 있는 사람들의 집단

나의 가치관 탐색하기

자신이 선택한 핵심 가치관 3가지를 적어보세요.

1.
2.
3.

핵심 가치가 중요한 이유는 무엇인가?

1.
2.
3.

직업을 통해 가치관을 어떻게 실현할 수 있을까요? (흥미에서 고른 직업 세
가지를 적고 가치관을 어떻게 실현할지 적어보세요)

관심 직업	실현하는 방법
1. 2. 3.	1. 2. 3.

06 5가지 나의 강점 종합 정리하기

나를 소개하기 (   )의 강점

유형	결과	나의 강점
MBTI		
에니어그램		
DISC		
흥미		
덕목 강점		
핵심가치관		

강점으로 나의 일 찾기 (   )의 인생 주제

나의 강점	하고 싶은 일	순위

♣ 쉬어가는 코너

아래 내용을 서로 나누어 봅시다.
- 3장을 마무리하면서 나에게 남는 생각은 무엇인가?
  적고 나누어 봅시다.
  (   )

- 나에게 떠오르는 긍정적인 단어나 느낀 점은 무엇인가?
  적고 나누어 봅시다.
  (   )

- 내가 생활 속에서 실천하고 싶은 점은 무엇인가?
  하나만 적고 말해 보세요.
  (   )

4장 강점을 사용하라

행복이란 자신에게 국한되지 않은
다른 무언가를 사랑하는 데에서 싹트는 것이다.

-윌리엄 조지 조던

01 인생 주제 정하기

강점 찾기를 하느라고 너무 수고가 많았다. 박수를 보낸다. 짝짝짝!

이제 새로운 삶이 시작되었다. 강점을 중심으로 인생의 주제를 정해 보자. 인생 주제에 미래의 모습을 나타내 보자. 인생 주제에는 간절한 소망, 인생관, 가치관, 소명 의식이 포함된다. 비전 선언이기도 하다. 인생의 슬로건을 한 문장으로 만들어 보자. 나의 꿈이 가리키는 곳을 보면 인생 주제가 있다. 꿈을 구체화하는 것이다. 나의 꿈 별명을 한 문장으로 풀어서 요약하고 정리를 하자.

인생 주제를 정하는 데 조건은 필요 없다. 우리가 원하는 완벽한 조건에 맞는 상황은 오지 않는다. 현재 상황에서 인생 주제를 잡을 수 있다.

인생 주제를 정하기 위해서는 강점을 살려서 일할 자신의 분야를 먼저 찾아라. 나의 분야는 인생을 통하여 꼭 성취하고 싶은 일이다. 내가 가야할 분야는 어디인가?

인생 주제는 나만의 콘셉트다. 나의 인생의 주제는 무엇인가? 이 주제에는 내가 지향하는 가치가 들어 있다. 인생의 방향키와 같다. 인생이라는 항해에서 방향을 잃지 않을 키와 같은 것이다.

인생주제에는 사명이 들어가야 한다. 사명에는 사회적 가치가 포함된다. 사명에는 내가 어떻게 살 것이라는 가치가 들어간다. 나를 넘어 이웃과 사회에 기여할 수 있는 가치를 말한다. 사명은 자신에 대한 자부심을 준다. 나를 통해 세상이 변화될 것이라는 기대와 소망을 가져보라.

나의 인생 주제를 적고 표현해 보자. 무엇이 되어 어떤 일을 하겠다.

나는 사람을 변화시키는 교육컨설턴트이다.

나는 꿈과 소망과 비전을 퍼올리는 동기부여가다.

나는 족발 회사의 대표가 되어 안전한 먹거리를 만들겠다.

기업가(CEO)가 되어 세계적인 기업으로 성장시키고, 종합복지 타운을 설립해서 사회사업을 할 것이다.

나는 (   )이 되어 (   )을 하겠다.

나는 (   )로서   (   )하여 (   )를 돕는다.

02 인생 롤모델

인생의 롤모델이신 선배님들이 후배들에게 사랑으로 격려하시는 멘트를 떠운다. 인생의 깊은 지혜가 담긴 이야기에 귀를 기울여 보자. 자신과 이웃을 위해 아름다운 삶을 사신 인생 이야기를 통해 나의 이야기를 만들어 보자.

1) 울지마, 톤즈! **이태석** 신부님
이태석 신부님은 의사로서 아프리카 톤즈 지역에서 의료사역과 학교 사역을 감당하셨다.

"많은 경우 큰 문제를 일으키는 실제 원인은 아주 작고 간단한 것에 있다는 것. 하지만 대개 그것을 알지 못하고 엉뚱한 곳에 시간과 에너지를 낭비하고도 결국 문제를 해결하지 못하는 경우가 허다하다는 생각이 든다. 세상에 많은 문제를 일으키는 가장 흔한 원인은 바로 '나 자신'이라는 것이 그 좋은 예가 아닐 듯싶다. "내 탓이오!" 하면서 나 자신의 마음가짐만 조금 바꾸면 모든 것이 쉽게 풀려 해결되는 경우가 많다. 하지만 체면이나 위신 또는 자존심 때문에 문제의 원인을 엉뚱한 곳에, 즉 타인에게로 돌리려 한다. 그런 심리적 에너지의 낭비 때문에 문제는 전혀 해결되지 않으면서 몸은 몸대로 지치고 마음은 마음대로 상하는 경우가 생기는 게 아닐까."

(이태석, 친구가 되어 주실래요?, 생활성서)

2) 방송인, 자선사업가 **오프라윈프리**
오프라윈프리는 '오프라윈프리' 쇼를 통해 전 세계의 사람들에게 큰 영향을 끼쳤다.
"제가 책을 사랑하는 이유는, 책을 통해 다른 사람의 인생을 대신 경험하면서 나 역시 내가 생각하는 인생을 살 수 있도록 하기 때문입니다. 책과 독서는 우리에게 정말 가치 있는 삶이 무엇인지 질문하게 하고 늘 새로운 가치를 발견하게 해주죠. 책을 읽으면 인생의 어려움을 해결해나간 지혜로운 사람들의 경험을 통해 많은 깨달음과 통찰을 얻을 수 있어요. 또 인생에서 무엇이든 가능하다는 긍정적인 생각과 상상력을 키울 수 있고, 평생 만나기 어려운 먼 곳의 사람들에 대해서도 마음을 열 수 있지요."

(주디L. 해즈데이 지음, 권오열 역, 오프라윈프리 이야기, 명진출판)

3) 천체 사진가 **권오철**
권오철은 청소년들의 꿈 멘토이자 NASA와 내셔널 지오그래픽이 인정한 세계적인 천체사진가이다. 오로라 사진을 찍었다.

"나는 사람들이 꿈을 못 이루면서 사는 가장 큰 이유는 너무 멀고 큰 꿈만 꾸기 때문이라고 생각해. 목적지의 끝에 있는 큰 꿈만 생각한다는 뜻이야. 하지만 그렇게 멀리 있는 꿈만 가지고는 거기까지 도달할 수가 없어. 너무 멀리 있어서 진짜 내 꿈처럼 느껴지지 않기 때문이지. 그래서 목적지까지 가는 동안 작은 꿈들이 많이 필요해. 큰 꿈을 잘게 잘게 부수어 손에 잡을 수 있는 작은 꿈들로 나눠야 해. 작은 꿈이란 마음만 먹으면 현실로 이루어 낼 수 있는 구체적이고 소소한 꿈을 말하는 거야. 작은 꿈 하나를 현실로 이루고 나면 그보다 조금 더 큰 꿈이 눈앞에 저절로 나타나. 그러면 조금 더 큰 꿈을 이루기 위해 다시 노력하는 거야. 그래서 조금 더 큰 꿈을 이루고 나면 그보다 더 큰 꿈을 위해 또 노력하면 되는 거지. 마치 계단을 밟고 차근차근 정상을 향해 올라가듯이 말이야."

(권오철, 진짜 너의 꿈을 꿔라, 움직이는 서재)

4) 옥수수박사 **김순권**
아프리카 옥수수의 아버지이다. 김순권 박사님이 개발한 옥수수 품종으로 나이지리아를 포함한 아프리카의 식량문제를 해결하였다.

"여러분들도 자신이 이 세상에서 가장 잘할 수 있는 게 무엇일까 생각해 보는 일을 멈추지 마세요. 그러면 언젠가 길을 찾을 수도 있고, 어느 순간 그 길이 보이기도 합니다. 항상 긍정적인 마음으로 한 분야에서 당신이 이 세상에서 가장 잘하는, 적어도 가장 열심히 하는 자가 될 수 있다고 믿고 매진하십시오. 쉬지 말고 매진하세요. 다른 사람이 잠을 잘 때는 기회라고 생각하고 더욱 매진하세요. 여러분의 옥수수를 찾으세요. 여러분이 이 세상에서 무엇을 하기 위해 태어났는가를 늘 생각해 보세요. 그리고 자기가 할 수 있는 분야에서 기회를 잡도록 하세요."

5) 국제구호전문가 **한비야**

세계오지여행가에서 국제구호전문가가 되었다. 월드비전 세계시민학교 교장이다. 한비야는 국제구호개발기구 월드비전 긴급구호팀장으로 활동하면서 지은 〈지도 밖으로 행군하라〉 책에서 '무엇이 내 가슴을 뛰게 하는가'를 묻는다. 한비야는 사람들이 왜 이 일을 하느냐는 질문에 나의 가슴을 뛰게 하기 때문이라고 말하였다.

6) 희망 주는 동기부여 연설가 **닉 부이치치**

닉 부이치치(Nick Vujicic)는 오스트레일리아에서 태어났다. 전 세계에 희망의 메시지를 전할 목적으로 세워진 '사지 없는 삶(Life Without Limbs)' 대표로 있다. 장애를 극복하고 꿈을 이루는 그의 긍정적인 삶의 태도는 많은 사람들과 미디어의 이목을 집중시켰고, 전 세계에 큰 희망의 메시지를 전달했다.

"자신의 슬픔과 분노, 상처를 통해서 남들의 고통을 더 잘 이해하고 덜어 줄 수 있는 힘을 기르라.
시간을 내서 삶을 즐기고
사랑하는 이들과 어울려 행복한 시간을 보내라.
밝게 웃고, 사랑을 쏟고, 엉뚱한 일을 벌이면
다른 이들과도 재미를 공유할 수 있다.
세상을 향해 장난기를 발휘하라.
가끔은 마음껏 웃고 느긋하게 쉬는 것이
먼 길을 가는 데 도움이 된다."

(닉 부이치치 지음, 최종훈 역, 닉 부이치치의 허그, 두란노)

7) 《침묵의 봄》 **레이첼 카슨**

레이첼 카슨은 생물학자로서 《침묵의 봄》 책을 펴냈다. 《침묵의 봄》 책은 환경 운동의 시발점이 되었다. 이 책을 통해 살충제 사용으로 새가 사라진 것을 비롯한 자연의 파괴실태와 위험성을 알렸다. 이 책은 환경 문제를 사회 운동으로 확산시키면서 살충제금지법을 통과시켰다.

"모든 생명체가 서로 연관되어 살아가고 있다.
그런데 인간은
자신에게 해롭다는 이유로
모기와 같은 특정한 생물을 박멸하려 든다.
그러나 모기가 사라지면
새들도 사라진다는 것이 생태계의 진리다.

왜? 생명은 홀로 존재할 수 없기 때문이다.
세상의 신비와 아름다움 속에 사는 사람들은 결코 외롭지 않다."

(김보일 글, 곽윤환 그림, 14살 인생 멘토, 북멘토)

03 브랜드 만들기

나의 이름 석자가 브랜드이다. 나의 브랜드는 강점에서 나온다. 브랜드의 가치는 인생 주제에 나타나 있다. 인생 주제에 브랜드를 입혀서 콘텐츠를 만든 것이 나의 브랜드다. 브랜드는 나의 일이 자랑스러운 것이고 특별하다는 의미를 부여한다.

브랜드에는 내가 전달하고 싶은 메시지가 있다. 오프라 윈프리에게는 그녀만의 떠오르는 메시지가 있다. 무엇일까? 공감. 이것이 오프라 윈프리의 브랜드이다.

나의 메시지는 오랫동안 집중하며 준비해온 것이다. 앞으로 공을 들여서 내공을 쌓아나갈 것이다. 내가 선택해서 집중하고 싶은 것이기에 핵심키워드로 말할 수 있어야 한다. 핵심키워드를 검색엔진에 넣으면 내가 나올 수 있어야 한다.

브랜드는 나만의 스토리에서 나온다. 스토리가 있으면 콘텐츠의 주제가 된다. 나의 스토리를 어떻게 만들 것인가? 스토리는 나의 인생 이야기이다. 나의 스토리는 세상에서 유일한 나만이 만들 수 있기에 그 자체로서 가치가 있다. 과거의 경험, 긍정적인 경험, 부정적인 경험, 과거와 현재의 꿈, 미래 그림이다. 한 편의 영화로 만들 수 있는 스토리이다. 영화의 주인공이 나이다. 어떤 영화를 만들고 싶은가? 다른 사람과 차별되는 나만의 메시지는 무엇인가?

스토리는 성공을 목표로 하는 속도보다는 인간을 살리는 방향성에 있다. 스토리는 타인을 향한 관심과 사랑이다. 올바른 삶의 방향성이 있어야 내가 살고 남도 산다. 이웃의 필요와 고통을 해결할 수 있는 것이 스토리가 된다.

나의 스토리를 녹인 브랜드는 블루오션이다. 블루오션은 고기가 많이 잡힐 수 있는 넓고 깊은 푸른 바다를 말한다. 경제용어인데 경쟁이 없는 유망한 시장을 말한다. 미지의 개척 분야이기에 경쟁이 아니라 창조에 의해 얻어진다. 높은 수익과 빠른 성장을 가능하게 하는 기회가 존재한다. 경쟁하지 않고 공존하려면 블루오션으로 가야 한다.

블루오션은 차별화가 필요하다. 나만의 메시지를 담은 브랜드가 차별성이 있다. 이 자체가 블루오션이다. 나에게 강점이 있는 일을 남과 다른 방법으로 하면 차별성이 생긴다. 내가 좋아하는 일을 나의 강점을 살려서 하면 색다른 방법이 나온다. 창조적인 방법으로 하기 때문에 남과 차별화가 된다.

요즘은 한 우물만 파는 우물형 인재가 아니라 여러 가지 분야를 융합하여 새로운 것을 창조하는 인재를 원한다. 상승 작용으로 새로운 콘텐츠를 생산하기 때문이다. 창의성은 어떤 일을 조금이라도 개선시키기 위해서 실천하는 모든 것이다. 지금보다 조금이라도 더 나은 상태로 개선시키는 것이다. 예를 들면 연필에 지우개를 달아서 조금이라도 편리하게 만드는 것이다. 사소하더라도 어떠한 형태로든지 이득을 주는 아이디어라고 볼 수 있다. 창의성으로 승부했다면 아이디어를 실행하라. 실행하지 않는 아이디어는 쓸모가 없다. 자신만의 독특한 시각과 관점에서 나온 아이디어는 차별화된 역량이 될 수 있다. 나만이 만들어 내는 결과이기 때문에 나의 브랜드는 최고가 된다. 그것이 직장에서 하는 업무라 하더라도 말이다. 담당 업무에서 블루오션이 되는 방법은 최고의 집중력으로 최고의 생산을 하는 것이다. 차별화 전략을 사용하면 서로를 살릴 수 있다.

강점을 살린 분야에서 최고가 되라. 그리고 나를 적극적으로 선전하라. 나의 브랜드가 최고임을 알려야 한다. 남들 앞에서 연약하고 어리바리해서... 등의 겸손한 척 하는 말은 피하라. 남들은 정말로 그렇게 믿게 된다. 필요한 곳에 콘텐츠를 제안하고 출시해보라. 콘텐츠를 실행해서 사용할 곳을 찾아나서야 한다. 감나무에서 감이 떨어지기만을 기다려서는 안된다. SNS 마케팅 파워를 적극 활용하라. SNS는 나의 브랜드를 마케팅하는 좋은 도구다.

04 목표 세우기

1. 목표세우기

성공한 3%에게는 구체적인 삶의 목표, 긍정적인 시각, 시간 관리의 세 가지가 있었다. 이제까지 아무 것도 하지 않았다 하더라도 목표를 세우고 행동하면 성취할 수 있다. 모든 성격 유형에 공통적으로 필요한 것은 목표를 세우고 행동하는 것이다. 자신의 가능성을 실천하고 행동하면서 개발하지 않으면 자원이 아무리 좋다한들 강점을 살릴 수가 없다. 실천을 위해서는 목표세우기, 시간관리, 피드백하기가 필요하다.

목표를 세우지 않는 것은 배의 목적지를 정하지 않고 항해하는 것과 같다. 배는 표류하게 된다. 목적이 없으면 시간을 낭비하고 인생을 낭비하게 된다. 목표를 세울 때 정말 필요한 것이 무엇일까? 목표를 성취할 것이라고 먼저 믿는 마음의 자세가 필요하다.

목표를 세우는 방법은 우선 큰 그림을 먼저 그리는 것이다. 인생의 장기 목표를 먼저 세워보라. 장기 인생 목표는 버킷 리스트나 꿈 리스트 형식으로 만들어도 좋다. 장기목표를 두고 중기목표, 단기목표를 순서대로 나누어서 세우면 된다.

기업가가 되겠다는 최종 목표를 세웠다면 단계별로 무엇을 준비해 나가야 할지가 보인다. 최종 계획이라는 큰 그림을 이루기 위해서 그려야 할 작은 그림들이 무엇인지 알게 된다. 기업가로서 무엇을 공부하고 어떤 경험을 쌓아야 할지 계획을 세울 수 있다. 내가 무엇을 해야 할지 구체적인 전략을 세울 수가 있다. 기업가와 관련된 모임과 사람들을 만나보는 기회를 놓치지 않을 수 있다.

장기계획에 맞추어 중기와 단기 계획이 세워져야 한다. 그리고 연간 계획, 월간 계획, 주간계획, 일일 계획을 짜면 된다. 단기의 세부 목표는 구체적으로 세운다. 실행 여부를 평가할 수 있도록 항목을 정하는 것이 좋다.

〈일일 목표 세우기〉
일일 목표를 세우고 종이에 적은 후에 하루를 시작한다.

하루를 마감하는 시간에 일일 목표를 체크한다. 내일의 목표를 적고 잠자리에 든다.

아침에 일어나서 새로운 영감이 떠오르면 일일 목표를 수정한다.

일일 목표에 따라서 행동으로 옮기고 실천한다.

이런 하루가 쌓여서 일주일이 되고 한 달이 되면 조금씩 성장해 있는 자신을 발견하게 된다.

〈인생 설계 계획〉

10년 장기계획:

5년 중기계획:

3년 단기계획:

〈나의 인생 목표와 비전〉

10대

20대

30대

40대

50대

60대

70대

〈버킷리스트-죽기 전에 해보고 싶은 것 50가지 목록〉

(시간과 경제, 건강이 허락된다고 가정하세요.)

현재 날짜	버킷리스트 목록	이루고 싶은 날짜	확인하기

(   )의 꿈 리스트 (년   월   일)

	갖고 싶은 것	가고 싶은 곳	하고 싶은 일	되고 싶은 사람, 나누어 주고 싶은 것
2030				
40				
5060				
7080				

2. 시간관리

꿈이 있는 사람은 목표가 있다. 목표가 있는 사람은 계획을 세운다. 계획을 실천하기 위해서는 시간관리가 먼저 되어야 한다. 시간을 관리하면 소중한 것들을 많이 경험할 수 있는 여유가 생긴다.

오늘은 무슨 날인가? 꿈을 향해 가는 인생 최고의 날이다. 오늘의 시간을 잘 관리해야 한다. 하루라는 시간은 누구에게나 주어진 선물이다. 시간 관리를 하느냐 못하느냐에 따라 목표를 달성하느냐가 판가름 난다.

시간 관리의 첫 번째 비결은 우선순위를 잘 정하는 것이다. 큰 그림을 먼저 그리라. 사소한 것을 붙들면 큰 그림을 완성하기 어렵다. 장기목표의 큰 그림 안에서 우선순위를 세워야 한다. 장기계획, 중기계획, 단기계획에 맞추어서 우선순위를 먼저 정해 관리 한다.

성공하는 사람은 중요한 일을 먼저 한다. 중요한 일과 중요하지 않은 일을 구분해서 시간을 효과적으로 쓰고 있는가? 대체로 지금 당장 급한 일만 좇아다니다 보면 장기적인 계획이 이 루어지기 어렵다. 장기계획은 인생의 목표와 비전이기에 우선순위를 여기에 두어야 한다.

시간 관리의 두 번째 비결은 하루 15분의 차이를 만들기이다. 내가 해야 할 항목을 정해서 자투리 시간 15분을 활용해서 꾸준히 해 나가는 것이다. 예를들면, 매일 15분씩 책읽기를 실천하면 10년 동안 15분을 투자한 내공이 쌓인다. 매일 15분씩 인생의 목표를 위해 꾸준하게 실천하고 싶은 것은 무엇인가?

시간관리 매트릭스 4분면

	긴급함	긴급하지 않음
중요함	(1) 1사분면 활동 ▪ 위기 ▪ 급박한 문제 ▪ 기간이 정해진 프로젝트	(2) 2사분면 활동 ▪ 예방, 생산능력 활동 ▪ 인간관계 구축 ▪ 새로운 기회 발굴 ▪ 중장기 인생목표와 계획,
중요하지않음	(3) 3사분면 활동 ▪ 직업흐름을 방해. 사소한일들 ▪ 일부전화, 우편물, 보고서 ▪ 일부 회의 ▪ 눈앞의 급박한 상황 ▪ 인기 있는 활동	(4) 4사분면 활동 ▪ 바쁜 일, 하찮은 일 ▪ 일부 우편물 ▪ 일부 전화 ▪ 시간 낭비거리 ▪ 충동적인 만남

이 4분면 중 가장 중요한 면은 어디인가?

(   )

　(2)

그 이유는 무엇인가?

인생의 장기적인 목표에 맞추어진 일이기 때문이다.

시간관리 매트릭스-나의 우선순위 적기

	긴급함	긴급하지 않음
중요함	(1) 중요하고 긴급함	(2) 중요하지만 긴급하지 않음
중요하지 않음	(3) 중요하지 않지만 긴급함	(4) 중요하지도 않고 긴급하지도 않음

3. 사후관리하기(피드백)

계획을 세워서 시간 관리를 하고 난 뒤에는 피드백을 해야 한다. 피드백을 위해서는 수첩이 필요하다. 계획을 기록하고 실천한 여부를 확인해야 한다. 그리고 목표를 점검해주고 피드백해 줄 멘토가 필요하다. 친구도 좋고 가족도 괜찮다. 피드백을 해 줄 사람이 없을 경우에는 본인이 해야 한다.

월간 계획과 주간 계획의 실천항목에 대해서 과정과 결과를 평가하여 피드백한다. 피드백에 들어가야 할 것은 실패한 이유를 체크해서 수정, 보완, 추가한다. 일종의 하프타임이다. 하프타임은 비록 짧은 시간이나 경기의 승패를 좌우한다. 하프타임이 있어야 제대로 된 실천을 할 수 있다.

하프타임으로 하루에 15분간 생각하는 시간을 갖는다. 매일 15분 가량 시간을 정해두고 집중해서 생각할 시간을 따로 떼어 둔다. 목표와 계획을 평가하고, 업그레이드하고, 다시 수정하고 반성하고 되돌아볼 수 있는 시간을 갖는다.

목표를 실천했을 때 자신에게 보상을 하는 방법은 격려의 효과가 있다.

〈계획표 예시-확인란에 피드백 체크하기〉

순서	할 일	시작하는 날	끝내는 날	확인

05 목표를 이루는 네 가지 연습

1. 상상하기

꿈의 크기는 상상의 크기에 달려 있다. 꿈에 한계가 없듯이 상상력에 한계는 없다. 미래에 대한 희망과 꿈이 있는 상상을 한다. 내가 꾼 꿈을 이루고 성공한 모습을 미리 상상한다. 신이 인간에게 주신 선물 중의 하나가 상상이다. 상상은 돈과 장소와 상황에 구애받지 않고 마음껏 할 수 있다.

현실을 뛰어넘는 좋은 상상을 하면서 지금의 어려움을 이겨나갈 수 있다. 현실은 비참하더라도 미래를 행복하게 상상할 수 있다. 상상을 누구나 할 수 있다고 모두 좋은 상상을 하지는 않는다. 나에게 주어진 상황을 어떻게 보느냐에 따라 다르다. 그것은 마음의 자세에 달려 있다. 보는 관점을 달리 하면 좋은 상상할 수 있다.

디즈니랜드도 상상으로 만들어졌듯이 모든 좋은 일은 좋은 상상으로부터 시작된다. 상상을 하면 언젠가 현실이 된다.

이상이 일상이 되도록 상상하라. 즐겁고 행복한 상상은 일상이 된다. 상상의 나래를 펴보자. 나의 멋진 모습을 상상만 해도 미소가 지어질 것이다.

이상이 일상이 되도록 상상하라. 즐겁고 행복한 상상은 일상이 된다. 상상의 나래를 펴보자. 나의 멋진 모습을 상상만 해도 미소가 지어질 것이다. 현실의 스트레스는 그 순간 사라진다.

2. 말하기

말의 파워는 놀랍다. 우리의 생각을 바꾼다. 뇌를 깨운다. '말하는 대로 된다'는 말은 거짓이 아니다. 우리의 뇌와 마음이 그 말을 듣고 의식을 깨운다. 행동을 바꾼다. 습관을 바꾼다. 인생을 바꾼다.

말은 생각에서 나온다. 예를 들면, 테이블 위에 컵이 놓여 있다. 컵에 물이 절반가량 채워져 있다. '물이 절반이나 남았네.' '물이 절반밖에 없네.' 이처럼 사람은 보통 두 가지 생각 중에 하나를 실행한다. 나는 어느 쪽인가?

생각은 크게 두 개의 필터로 구분할 수 있다. 하나는 긍정적인 필터이고 하나는 부정적인 필터이다. 우리가 듣고 보고 경험하는 모든 것이 이 필터를 거쳐서 마침내 우리 자신에게 도달한다.

긍정적인 말은 긍정적인 필터를 만들고, 부정적인 말은 부정적인 필터를 만든다. 부정적인 필터는 온갖 좋은 것이 들어와도 안되는 모든 이유를 찾아낸다. 그래서 결국 안한다. 긍정적인 필터는 여러 가지 안 좋은 것들이 들어와도 새로운 관점으로 본다. 그래서 한번 해보자고 결심을 하고 실천을 한다.

긍정적인 말의 파워는 힘을 주고 삶을 변화시킨다. 자기긍정성언문을 만들어야 하는 이유가 여기에 있다. 자기긍정선언문을 적고 매일 아침에 낭독을 해보자. 소망이 생기고 열정이 살아나는 것은 긍정적인 말의 위력이다.

긍정선언문을 통해 나의 생각을 아침마다 불러서 깨우고 인식시켜야 한다. 소리내어 읽을 때 나의 목소리를 듣고 나의 생각을 회전시킨다. 생각한 대로 일어나고 말과 글, 소리로 표현한 대로 이루어진다.

나의 5가지 강점 선언하기를 하라.
카드에 나의 강점 5가지와 실천 목표를 먼저 적는다.
자기긍정선언문을 큰 소리로 매일 읽고 나에게 '파이팅'의 미소를 짓는다.

<table>
<tr><td>〈자기긍정선언문〉</td></tr>
<tr><td>'나는 조금씩 나아지고 있고 변화하고 있다'</td></tr>
<tr><td>'괜찮아'</td></tr>
<tr><td>'잘하고 있어'</td></tr>
<tr><td>'사랑해'</td></tr>
<tr><td>'난 소중해'</td></tr>
<tr><td>'난 할 수 있어'</td></tr>
<tr><td>'나에게 강점이 5가지나 있어'</td></tr>
<tr><td>'훌륭한 일을 할 수 있을 거야'</td></tr>
</table>

3. 시각화하기

드림리스트, 자기긍정선언문, 드림보드, 버킷리스트 등을 생생하게 시각화하라. 100%의 사람들 중에 80%는 꿈이 없이 그냥 살았다. 3%는 꿈을 가지고 종이에 적어 놓았다. 꿈을 종이에 적었던 3%는 성공한 삶을 살았다.

먼저 꿈을 종이에 써라. 꿈의 내용을 구체적으로 종이에 써라. 이루고 싶은 연도까지 써라. 그리고 잘 보이는 곳에 그것을 붙여라. 반드시 붙여야 한다. 꿈을 시각화하면 목표를 일깨우고 긍정적인 생각을 가지게 된다. 시간 관리도 가능하게 만든다.

액자에 넣어서 눈에 잘 보이는 곳에 두는 것도 좋다. 오며 가며 보아야 한다. 아무 생각 없이 앉아 있을 때 볼 수 있는 위치면 좋다. 나의 눈이 그것을 보고 생각하도록 만들어라. 나의 생각을 목표에 집중하게 만든다. 수시로 들여다보면서 꿈을 업그레이드한다. 그것을 볼 때마다 목표를 이루기 위해 무엇을 해야 할까? 라는 동기부여를 해서 꿈을 위한 씨앗을 심는다.

4. 사소한 습관 만들기

《해리포터》의 작가 조앤 롤링이 하루아침에 일확천금을 번 것처럼 알고 있지만 우리가 모르는 것이 있다. 어느 날 아침에 일어났더니 《해리포터》의 작가가 된 것이 아니다.

조앤 롤링은 이미 5세 때 동화를 썼을 만큼 타고난 문장력과 상상력을 가지고 있었고, 직장에서는 틈만 나면 글을 쓴다는 이유로 해고됐을 정도로 글에 미친 사람이었다. 《해리포터》 시리즈는 그녀가 이혼 이후 에든버러의 작은 셋집에서 가난과 싸우며 10여 년에 걸쳐 쓴 것이다. 누가 감히 그녀를 운 좋은 이야기꾼이라고 말하는가.

(허연, 매일경제, 2007.6.25.)

목표를 세우고 시간 관리를 했다면 세부적인 실천사항을 행동으로 옮겨야 한다. '천리 길도 한 걸음부터'라는 속담이 있다. 처음에는 아주 사소한 것을 먼저 한 번 실천해보라. 바로 지금 시작할 수 있는 사소한 것을 찾아서 먼저 실천한다. 처음에 거창한 것부터 시도하려고 하면 실패한다. 우리의 몸에 아직 적응이 안 되었기 때문이다.

먼저 책상 위와 방을 정리 정돈하는 것부터 해보고 한 번 더 시도를 해보라. 이 사소한 시도가 몸에 적응하는 데 최소한 3주간 21일이 걸린다. 근육을 조금씩 키워나가듯이 습관의 근육을 조금씩 만들어가야 한다. 행동으로 옮기면 습관이 결국 만들어진다.

좋은 습관은 성공의 기반이다. 성공한 사람들은 성공할 수 있는 습관을 먼저 만든다. 그 과정에는 고통도 따르기 마련이다. 실패를 계속 반복할 수도 있다. 그래도 포기하지 않고 사소한 것을 시도하면서 반걸음씩 전진한다.

습관은 힘이 되고 능력이 된다. 사소한 것을 시도하는 것을 멈추면 안 된다. 우리의 생명이 붙어있는 날까지 습관과의 싸움은 계속될 것이다. 나의 사소한 습관 하나를 바꿈으로써 생활의 질서가 잡힐 수 있다. 담배 끊는 것을 한번 시도해 보라.

담배를 끊고 나면 담배로 인해 내가 겪었던 불편함에서 벗어날 수 있다. 담배를 끊기 위해서는 다른 행동을 대체해 주어야 한다. 담배를 끊게 되면 보상으로 대가를 나에게 지불할 필요가 있다. 매일 꾸준히 포기하지 않고 시도한다. 어제 실패했어도 오늘 다시 시도한다. 습관이 곧 성공의 지름길이다.

내가 바꾸고 싶은 습관을 한 가지 적어보세요.
　（　　　　　　　　　　　　　　　　　　　　）

바꾸고 싶은 습관의 자리에 넣고 싶은 습관 한 가지를 적어보세요.
　（　　　　　　　　　　　　　　　　　　　　）

15분간의 차이 만들기-실천사항

내가 매일 할 수 있는 것은 무엇인가? 2개만 골라서 실천하자.

(,)

스트레칭 하기, 일기쓰기(감사일기, 칭찬일기, 독서일기, 다행일기, *감정일기, 행복일기, 학습일기, 비전일기, 시간일기, 묵상일기, 주제일기),

15분간 미소 연습하기, 15분 명상과 성찰의 시간 가지기, 책 낭독하기, 책 문장 베껴 쓰기, 발음 연습 15분 하기(와~, 똑딱똑딱 소리 내기), 메모하기(아이디어)

독서노트 기록하기, 추천도서 읽고 독후감 쓰기, 토론, 말하기, 독서모임 하기,

일일 목표 세우기, 주간 계획표 짜기, 월간 계획표 짜기, 연간 계획표 짜기, 인생장기 계획표 짜기, 감사일기(하루에 감사한 것 2가지)쓰기, 한문단 글쓰기,

시 감상 1주일에 한 편 하기(좋아하는 시 보내기), *15분 읽기

*감정 일기(감정을 나타내는 단어 고르기)

분노, 황당, 짜증, 외로움, 죽고 싶음, 배신감, 긴장됨, 수치, 슬픔, 원망, 불신, 복수심, 절망감, 우울, 후회스러움, 실망, 미안함, 억울함, 두려움, 걱정스러움, 무서움, 불안, 불편함, 소외감, 혼란스러움, 불쾌감, 시기심, 불만, 격노, 좌절, 열받음, 즐거움, 감사, 활기참, 행복감, 반가움, 만족감, 유대감, 사랑스러움, 명랑, 쾌활함, 기대감, 몰입감, 열심, 황홀, 흥분, 관심, 보람, 재미있음

디지털 세대인 청소년들은 영상매체나 소리매체와 더 익숙하다. 영화나 음악을 책보다 좋아한다. 영상매체는 빠른 반응을 주기 때문에 더 매력적이다. 인쇄매체인 글은 거기에 비하면 지루하다. 그러나 글과 친하게 지내면 많은 이득이 있다. 생각을 하게 되어서 사고력이 자라고 지식도 쌓게 된다. 지식과 사고력은 창조력의 밑바탕이 된다. 사고력을 통해 자신의 생각이 만들어지면서 주도성이 생긴다. 다양한 경험을 간접적으로 하고 훌륭한 인물을 만날 수 있다.

*15분 읽기

15분 읽기는 매일 15분간 글 읽기를 하는 것이다. 활자로 인쇄된 글이나 책을 매일 15분씩 읽기만 하면 된다. 영상이 아닌 글자를 읽는 것을 말한다. 종이 자료, 신문이나 잡지, 책 등이 해당된다. 글자를 읽으면서 조금씩 독서습관이 생긴다.

06 세상에 기여하기

'나는 중요하다. 고로 존재한다.' 인간이 가지고 있는 가장 큰 욕구 두 가지는 '중요성'과 '안정'이라고 상담가 래리 크랩은 말했다. 청소년 문제의 모든 원인은 자신의 중요성을 인정받고자 하는 데서 발생한다.

사람들은 '중요성'을 타인의 관심과 사랑을 통해 채우기 원한다. 관심과 사랑을 받으면서 자신이 중요한 존재임을 느낄 때 살아야 할 의미를 발견한다. 반대로 자신이 남에게 하찮게 여겨지거나 무시하는 말을 들을 때 상처를 받고 분노하고 폭력을 가하기도 한다.

남의 인정을 통해서만 나의 중요성을 찾을 수 있는 것은 아니다. 나 스스로 나를 중요한 존재로 만들면 된다. 내가 중요한 존재임을 확인할 수 있는 방법은 타인에게 중요한 존재가 되는 것이다. 내가 남의 필요를 채워주는 가치 있는 일을 하는 것이다.

단지 나의 문제에만 매몰되지 말고 이웃을 돌아보라. 내가 이웃에게 필요한 존재가 될 때 나는 저절로 중요한 존재가 된다. 나의 작은 것이라도 남과 나눌 때 마음이 부자가 된다. 나눔은 타인에게 내가 중요한 존재가 되도록 만든다. 나 자신 스스로가 그것을 몸으로 느끼게 된다. 가슴이 벅차오르는 행복감을 느낀다. 나를 사랑해야 하는 영원한 과제에서 벗어난다. 내가 사랑스럽고 귀중한 존재가 이미 되어 있기 때문이다.

"우리는 오늘 멋진 도서관을 개관하게 됐습니다. 여러분은 이 도서관에서 신나게 책을 읽으며 미래의 꿈을 키우게 될 것입니다. 중앙 현관 위를 쳐다보세요. 명판이 보이지요. 상상(SangSang) 도서관이라고 적혀 있습니다. 무슨 뜻일까요? '상상'이란 말은 한국말로서 다가오지 않은 미래에 대해 자유롭게 생각해 보고 마음껏 그려보는 것을 뜻합니다. 꿈은 가진 자의 것이라는 말이 있습니다. 여러분들의 꿈을 상상도서관에서 마음껏 누려보세요."

(윤경일, 우리는 모두 같은 꿈이 있습니다, 서교출판사)

윤경일은 정신건강의학과 의사이다. 나눔을 실현하고자 2004년 국제구호단체인 (사) 한 끼의 식사기금을 설립했다. 지난 12년간 방글라데시, 캄보디아, 네팔, 미얀마, 인도네시아, 에티오피아, 짐바브웨 등 개발도상국 오지의 사람들이 겪는 고통에 동참하며 봉사활동을 해오고 있다.

누구에게나 타인과 나눌 수 있는 것은 반드시 있다. 미소 하나만으로도 죽음을 결심한 이에게 생명의 씨앗을 던질 수 있다. 나에게는 나만의 작은 등불을 켤 수 있는 빛이 있다. 그 빛은 한줄기 희망의 빛이 되어 다른 이의 길을 비춰준다. 이 빛은 나와 타인을 살린다. 내 안에는 아파하는 이웃의 고통을 위로할 수 있는 힘이 있다.

주위를 한 번 돌아보면 세상은 해야 할 일들로 넘쳐난다. 할 일이 없어서 취업을 못하는 것이 아니다. 내가 해야 할 일을 못 찾아서 일을 못하는 것이다. 한국을 넘어 세계 속으로 나가면 인류가 해결해야 할 일들이 쌓여 있다. 기아와 질병으로 죽어가는 어린이들, 빈익빈 부익부 심화, 난민들, 빈곤, 폭력과 테러, 청소년들의 타락과 범죄, 실업, 급증하는 자살율과 우울증, 가정파괴, 아동학대, 건강 불평등과 만성 질환, 성폭력 여성 피해자를 위한 도움, 한반도 통일 등이다.

한국이라는 좁은 곳에서 우물 안 개구리가 되어 앞날만을 염려하고 서로 경쟁하느라 시간과 에너지를 낭비하는 것은 어리석다. 눈을 들어 세상을 바라보라. 우리는 지금 글로벌 시대를 살고 있다. 이제는 세계가 내가 누비고 다녀야 할 무대이다. 세상은 나를 필요로 한다. 세상의 필요에 응답하라.

세상의 주인공이 되어 마음껏 나의 길을 가라

졸업시즌인 2월이다. 입학하던 때가 엊그제 같은 데 어느덧 졸업이다. 졸업은 알 수 없는 설렘과 기대를 준다. 졸업 이후의 새로운 생활이 기다리고 있기 때문이다. 지난 시간을 돌아보면 보람과 아쉬움이 교차되기도 한다.

졸업할 때 나는 얼마나 변화되어 있는지 돌아볼 필요가 있다. 내가 아무것도 달라진 것이 없다면 내가 어떤 꿈을 꾸었는지 돌아보아야 한다.

정말이지 사소해 보이는 작은 꿈이라도 꾸고 기록을 했는지 일기장을 들추어 보라. 아무런 기억과 기록도 없다면 아무 꿈도 꾸지 않았던 것이다. 그 때 만약 버킷리스트를 적은 항목이 있다면 분명히 이루어진 것이 하나라도 있을 것이다. 이

것은 꿈 목록이나 버킷리스트를 적어두었던 사람이면 누구나 경험하는 일이다. 나의 기억에는 없어도 잠재의식에 들어가서 그 꿈을 이루고 있다가 어느 날 기록을 발견하는 것이다. 사람이 얼마나 생각하고 꿈꾸는 대로 사는지를 깨달으면 꿈의 소중함과 가치를 알게 된다.

인생에도 졸업이 있다. 청춘일 때가 엊그제 같은데 벌써 노인이 된다. 인생은 생각만큼 길지 않다. 이것이 꿈을 가지고 살아야 하는 이유다. 인생의 졸업을 앞두고 확인해야 할 것이 무엇일까? 내가 나의 인생을 살아왔는지를 물어야 할 것이다. 내가 가야하는 길이 있다. 내가 걸어가면 길이 된다. 진로에 정해진 답은 없다. 인생을 그냥 아무 생각 없이 살지 말기 바란다. 내가 꾸고 싶은 꿈을 마음껏 꾸어라. 그 꿈에 사회적 가치를 담아라. 그래야 지금 행복하다. 그리고 앞으로도 행복하다.

이 땅에서 생을 마감한 후 나의 묘비명에 어떤 문구가 새겨지길 원하는가?

'아파트 평수와 화장실 숫자를 늘이다가 이곳에 잠들다.'

나의 미래에 대해 치열하게 고민하면서 살아보자. 남의 눈치를 보고 주눅이 들고 기가 죽어서 살지 말자. 나의 꿈과 희망마저 포기하고 산다면 행복할 수가 없다. 나의 보물인 강점을 찾았다. 이제는 나를 강점으로 끌어안아야 한다. 나를 먼저 이해하고 사랑해야 한다. 그래야 이웃을 사랑하고 사회에 기여할 수 있다. 내가 나를 이해하고 사랑하는 만큼 남을 이해하고 사랑하기 때문이다. 거울 속의 나에게 따뜻한 미소를 지어 주자. 나의 인생을 사랑하자. 나를 기대하면서 미래에 대한 소망을 가지자.

누구에게나 소명은 주어졌다. 소명은 내가 이 땅에 살면서 무엇을 기여할 것인가?에 대한 응답이다. 소명은 나의 유익을 넘어서 공동체의 유익을 위해 해야 하는 일이다. 나만 잘 살고 행복한 것은 의미가 없다. 우리는 서로의 행복에 책임이 있다. 남이 행복할 때 비로소 나도 행복할 수 있다.

경쟁하지 말고 함께 가자. 다양한 길을 모두가 함께 만들고 힘차게 전진해 나가자. 더불어 함께 갈 때 우리는 공존할 수 있다. 그래야 삶의 의미를 느끼고 행복할 수 있다.

가슴을 펴고 드넓은 세상을 바라보아라. 내가 세상의 주인공이다. 세상은 넓고 할 일은 많기만 하다. 나를 부르는 소리가 들리지 않는가. 나를 향해 흔드는 손짓이 보이지 않는가.

그리고 어른들은 청소년이 하고 싶은 일을 하도록 인정하고 지원해야 한다. 어른들은 청소년이 두려움과 불안을 이겨내도록 용기를 주는 멘토가 되어야 한다. 그래야 청소년들은 힘을 얻고 미래를 개척할 수 있다. 청소년이 모험하고 도전하면서 사회를 변화시키고 미래를 개척해 나가는 아름답고 행복한 모습을 꿈꾸어 본다.

♧ 쉬어가는 코너

아래 내용을 서로 나누어 봅시다.

▪ 4장을 마무리하면서 나에게 남는 생각은 무엇인가?
   적고 나누어 봅시다.

   (   )

▪ 나에게 떠오르는 긍정적인 단어나 느낀 점은 무엇인가?
   적고 나누어 봅시다.

   (   )

▪ 내가 생활 속에서 실천하고 싶은 점은 무엇인가?
   하나만 적고 말해 보세요.

   (   )

인생에 '실패'라는 것은 없다.

'실패'란 단지 우리의 인생을

또 다른 방향으로 이끄는 삶일 뿐이다.

- 오프라 윈프리 -

〈참고 서적〉

강점, 마커스 버킹엄, 강주헌 역, 위즈덤하우스

강점이 미래다, 마커스 버킹엄, 이선영 역, 21세기북스

관계, 홍광수, 아시아코치센터

나에게 꼭 맞는 직업을 찾는 책, 폴D.티거•바바라 배런티거, 백영미 역, 황금가지

나는 무엇을 잘할 수 있는가, 구본형변화경영연구소, 고즈윈

나는 내 성격이 좋다, 윤태익, 더난출판사

나이들수록 멋지게 사는 여자, 마커스 버킹엄, 김원옥 역, 살림출판사

나답게(남과 다른 나를 찾는 자기 발견의 기술), 윤태익, 더난출판사

닉 부이치치의 허그, 닉 부이치치지음, 최종훈 역, 두란노

네가 진짜로 원하는 인생을 살아, 임재성, 평단

머리 가슴 장으로 해결하라, 윤태익, 나무생각

보는 방식을 바꿔라, 캐서린 크래머•행크 워시아크, 김보영 역, 21세기북스

10대가 알아야 할 미래 직업의 이동, 박종서•신지나•민준홍, 한스미디어

10대에 알았더라면 좋았을 것들, 김태광, 문예춘추사

14살 인생멘토, 김보일 글, 곽윤환 그림, 북멘토

어떻게 삶을 주도할 것인가, 이훈, 모아북스

아인슈타인이 외판원이었다면..., 켄 테너, 김인숙 역, 북드림

인간의 강점 발견하기, Shane J. Lopez, 정지현•권석만 역, 학지사

일 안해도 되는 직업, 최혁준, 라임위시

우리는 모두 같은 꿈이 있습니다, 윤경일, 서교출판사

위대한 나의 발견*강점혁명, 마커스 버킹엄•도널드 클리프턴, 박정숙 역, 청림출판

진짜 너의 꿈을 꿔라, 권오철, 움직이는서재

졸업하고 뭐하지?, 최혁준•한완선, 라임위시

크게 생각할수록 크게 이룬다, 데이비드 슈워처, 서민수 옮김, 나라

청소년 진로, 행복한 일, 하종범, 북랩

춤추는 고래의 실천, 켄 블랜차드 외, 조천제•조영만 역, 청림출판

친구가 되어 주실래요?, 이태석, 생활성서

회복탄력성, 김주환, 위즈덤하우스

청소년을 위한 마지막 강의, 윤승일, 살림